Leben und Tod des Benno Schreiber II

Bernardo Schramm

Leben und Tod des Benno Schreiber II

Bibliografische Information der Deutschen Nationalbibliothek:
Die Deutsche Nationalbibliothek verzeichnet diese Publikation
in der Deutschen Nationalbibliografie; detaillierte bibliografische
Daten sind im Internet über http://dnb.dnb.de abrufbar.

Satz, Umschlaggestaltung, Herstellung und Verlag:
BoD – Books on Demand

ISBN: 978-3-7322-7255-6

Inhalt

Das verbotene Camp

Bei meinen täglichen Streifzügen entdeckte ich eines Tages in einer Senke eine teilweise von Wald und Gebüsch umwachsene Siedlung. Eigentlich sah das Ganze eher wie ein Lager aus. Wie ein Gefangenenlager. Letzteres schien mir der richtige Ausdruck. Otto war mit mir. Nur wir beide. Die anderen Männer waren zum Teil damit beschäftigt, mit Arbeitern der Fazenda den Außenzaun an der Landstraße nach Getulio zu reparieren. Der Rest blieb als Reserve im Camp. Es war Otto nicht recht, dass wir hierhergekommen waren. Ich bemerkte eine innere Unruhe in ihm. Er warnte mich, kein Wort über das Gesehene den anderen gegenüber zu verlieren. »Warum?«, wunderte ich mich. »Der Patron möchte nicht, dass wir hierherkommen. Dieses Gebiet hier ist für uns tabu«, gab mir Otto zur Antwort. Also hatte er gewusst, dass es hier so etwas wie dieses Lager gab. Warum hatte er nichts unternommen, um mich in eine andere Richtung zu führen? Jetzt als ich es gesehen hatte, sollte ich es einfach wieder vergessen? So ging das aber nicht. Mir war, als habe er mich absichtlich hierhergeführt. Wieder fragte ich ihn. »Warum?« Verärgert wirbelte er auf dem Absatz zu mir herum. Jetzt schaute er mich mit böse blitzenden Augen verärgert an. »Der Patron will es nicht und ich frage nicht, warum, sondern gehorche«, und damit wandte er sich von mir ab und ging davon. Beim Verlassen dieses geheimen, jetzt nicht mehr so geheimen Ortes warf ich noch einen letzten Blick da hinunter, dann beeilte ich mich Otto zu folgen. Wir gingen eine ganze Zeit stumm nebeneinander her. Während Otto verärgert die Lippen zusammenpresste und seinen Gedanken nachhing, ließ ich noch einmal das Gesehene vor meinem geistigen Auge Revue passieren. Ein mit Stacheldraht eingezäuntes rechteckiges Areal von zweihundert auf hundert Meter hatte ich wahrgenommen. An dem Eingangstor stand beidseitig eine Art Wachturm. In dem Gelände standen gleich hinter der Einfahrt mehrere langgezogene Holzbaracken, die gut ein Viertel des Areals bedeckten, dazwischen ein großer Platz. Eine Art Appellplatz. Seitlich dieses Platzes waren mehrere Reckstangen aufgebaut. Neben einer der kleineren Baracken standen einige Fahrzeuge verschiedenen Typs. Alle mit Tarnfarbe gestrichen. Dort drüben befand sich wohl der technische Bereich. Das Ganze glich einer Kaserne. Genau dies war der erste Eindruck, den ich von dieser Einrichtung hatte. Alles war schlicht und einfach gehalten. Genauer gesagt, war es zweckmäßig angelegt. Eine kleine Gruppe junger Leute hatte ich vor einer der Baracken stehen sehen. Eine gemischte Gruppe war es gewesen. Jungen und Mädchen. Dazwischen einige Erwachsene. Sie alle trugen eine Art Uniform. Die Jungen Hosen und die Mädchen trugen Röcke in Khakifarben, ein Halstuch und eine einheitliche Kopfbedeckung. An andere Einzelheiten konnte ich mich nicht erinnern beziehungsweise hatte ich in der Kürze der Zeit nicht beobachten können. Doch ich nahm mir vor, dieser Sache auf den Grund zu gehen. Das interessierte mich. Wollte wissen, wieso diese Geheimnisse, letztendlich mussten wir, die für die Sicherheit verantwortlich waren, Kenntnis davon haben. War es das, was Otto damit bezweckt hatte? So als wäre es ein Zufall, hatte er mich hier an diesen verbotenen Ort geführt, um mir gleichzeitig zu sagen, dass ich das Gesehene wieder vergessen musste. Doch das wollte ich nicht akzeptieren, denn für uns durfte es kein Niemandsland geben. Ich nahm mir vor, mich darüber mit Herrn Bauer zu unterhalten und mir Klarheit zu verschaffen. Das musste er mir schon persönlich erklären, ob er wollte oder nicht. Letzten Endes musste ich wissen, was ich durfte und was ich nicht durfte. Diese Unterhaltung mit dem Patron ergab sich schneller als erwartet.

Die Holzmafia

Einer der Landarbeiter benachrichtigte eine unserer motorisierten Streifen, etwas Ungewöhnliches gesehen zu haben. Diese wiederum benachrichtigte Otto, der ihr diensthabender Sargento war. Gemeinsam fuhren wir beide dann zu der angegebenen Stelle. Ich traute meinen Augen nicht. Ein über zehn Hektar großes Waldstück war niedergeholzt worden. Alles sprach dafür, dass Fremde hier Holz geschlagen und mit Lastkraftwagen abtransportiert hatten. Dadurch dass es sich hier um eine Region handelte, in der Rinder gezüchtet wurden, waren die Grenzen zwischen den einzelnen Fazendas durchlässig, mit anderen Worten, es gab überall Gatter. Wenn Rinderherden zum Verladen oder zum Verkauf getrieben wurden, geschah dies von einer Fazenda durch die andere. Dafür wurden die Gatter geöffnet, das Vieh hindurchgetrieben und danach jene wieder geschlossen. Es war ein ungeschriebenes Gesetz unter den Boiaderos, dies zu tun. Keiner dieser Männer würde es vergessen. Damit war es möglich, tausendköpfige Rinderherden durch den ganzen Staat zu treiben, ohne öffentliche Straßen zu benutzen und obendrein zu verstopfen. Diese Öffnungen machen sich aber auch Verbrecherbanden zunutze. Ganz besonders litten die Fazendeiros unter den Viehdieben. Doch nicht nur unter diesen. Da jetzt an Ort und Stelle immer noch wertvolles Holz herumlag, war damit zu rechnen, dass die Holzdiebe wiederkämen, wenn sie jetzt nicht irgendwo in einem Versteck lagen und uns zuschauten und Kenntnis davon nahmen, dass wir sie entdeckt hatten. Wir suchten die gesamte Umgebung nach einem Unterschlupf ab, konnten aber keinerlei Spur eines solchen finden. Nichts deutete darauf hin, dass sich die Holzdiebe noch in der näheren Umgebung aufhielten. Hernach gingen wir den Reifenspuren nach, die sich durch die Schwere der beladenen Fahrzeuge in den Erdboden gedrückt hatten. Durch zwei Nachbarländereien konnten wir die Reifenabdrücke verfolgen, bis sie sich auf der Landstraße nach Getulio verliefen. Dort vor Ort gab es eine recht große Anzahl von Holz verarbeitenden Fabriken. Jedoch war es nicht gesagt, dass unser Holz auch gleich dort verarbeitet worden war. Es kann auch darüber hinaus transportiert worden sein. Hier musste ich abbrechen und fuhr mit meinen Leuten zurück nach Hause. Eine weitere Suche hatte keinen Sinn. Ich musste handeln und zwar so schnell wie möglich. Daher meldete ich Herrn Henrique Bauer den Vorfall höchstpersönlich. Auch das Ergebnis unserer Nachforschungen enthielt ich ihm nicht vor. Er nahm die Nachricht verärgert auf. Wieso wir diesen Holzdiebstahl erst heute bemerkt hätten, wollte er dann von mir wissen. Fünfzehn Mann zur Bewachung eines so großen Geländes, das sei eben nicht genug. Wir fuhren, ritten oder liefen am Tag und in der Nacht Streife. Mindestens einmal in der Woche blieben wir über Nacht draußen, schliefen unter freiem Himmel. Zudem waren da auch noch die Viehhirten im Einsatz. Rund um die Uhr waren wir im Dienst. Bei einer so großen Fläche wie dieser war es unmöglich, diese komplett abzudecken. Meine Argumente ließen ihn nachdenken. Letztendlich sah er es ein, dass die Schuld nicht bei uns, dem Wachdienst, lag. Doch musste ich ihm versprechen, dass wir den Dieben, so wörtlich, »den Arsch aufreißen« würden. Aus seinen Worten war herauszuhören, was er von uns erwartete. Lynchjustiz! Zumindest hörte es sich so an. Jetzt sah ich auch gleich meine Chance gekommen, ihn wegen des komischen Lagers anzusprechen. Ruhig nahm er meine Entdeckung, aber auch meine Bedenken in Bezug zu irgendwelchen Geheimnissen zur Kenntnis. Für uns, die wir für die Sicherheit und den Schutz verantwortlich waren, durfte es keine Tabus geben. Überall mussten wir das Recht des Zutritts haben und Befehlsgewalt ausüben können. Selbstverständlich immer im Sinne des Besitzers. Er stimmte mir generell auch zu, nur was die dortige Einrichtung des Lagers betraf, da war er anderer Meinung. Das stünde außerhalb unseres Einflusses. Die, die dort tätig waren, so meinte er, konnten sehr gut auf sich selbst achten. Daher war und blieb dieser Bereich weiterhin für uns ein Tabu. Nun hätte ich wie Otto die Arschbacken zusammenpressen und mich mit dieser Anordnung zufriedengeben können, aber ich tat es nicht. Das war gegen mein Naturell. So nahm ich mir vor, erst mal zu gehorchen. Nach dem Motto »Ungehorsam ist die erste Bürgerpflicht für jeden geistig regen Menschen« plante ich bereits jetzt schon, das Verbot zu umgehen. So würde ich dann auch reagieren. Ich setzte also Prioritäten. Als Nächstes kümmerte ich mich um die Holzmafia, wie man sie nannte. Danach wollte ich mich verstärkt um dieses mysteriöse Lager dort kümmern. Also zuerst die Holzmafia. Sie war die Nummer eins auf meiner Liste! Wir schlugen in der Nähe des zu observierenden Geländes einen Unterstand auf, in dem sich immer zwei Mann aufhielten, die jegliche Bewegung dort an unser Lager zu melden hatten. Sie waren mit allen lebensnotwendigen Dingen versorgt worden. Nun mussten wir nur noch warten. Die Tage vergingen, während die beiden Männer dort Däumchen drehten. Es blieb ruhig. Nichts bewegte sich. Ob die Holzdiebe ihre Beute vergessen hatten? Schon dachte ich daran, die Männer in dem Unterschlupf zurückzuziehen. Doch dann kam unerwartet Bewegung in die Geschichte. Nach einer Woche dann kam ein einzelner Reiter daher, und unsere beiden im Unterschlupf wartenden Männer gaben Alarm. Mit Sicherheit ein Kundschafter, der die Lage ausspähen sollte. Wir ließen ihn unbehelligt wieder davonreiten, nachdem er sich vergewissert hatte, dass die Luft rein war. Die geschlagenen und nicht abtransportierten Stämme lagen immer noch an Ort und Stelle wie zuvor. Daher hatte er auch nicht den geringsten Verdacht geschöpft, dass der bevorstehende Diebstahl entdeckt worden war. Sie waren es gewohnt, leichtes Spiel zu haben. Selten wurden ihre Aktivitäten sofort bemerkt. Riesige unbewohnte Landstriche, in die sich selten ein Mensch verlief. Aber dieses Mal sollte es anders sein. Schon nach einigen Stunden kamen zwei Lastwagen daher, einer von diesen war ausgestattet mit einem Greifarm. Im Nu rannten auch schon mehrere Männer zwischen den Fahrzeugen herum und beluden diese mit den bereits am Boden liegenden Baumstämmen. In einem Rural Jeep waren auch mehrere bewaffnete Männer hinzugestoßen. Es handelte sich um eine Art Schutztruppe. Sie hatten sich im Gelände verteilt und hielten Ausschau nach Unvorhergesehenem. Während sich die einen mit dem Holz herumplagten, schauten ihnen die zum Schutze abgestellten Männer gelangweilt zu. Ein langgezogener schriller Pfeifton ließ sie erstarren. Eine blecherne Stimme aus einem Megafon forderte sie auf, die Waffen niederzulegen. Der Grund: Sie seien von Beamten der Bundespolizei und der IBAMA umzingelt. Die Beamten des Zolls waren ebenfalls verständigt worden. Sie, die Holzdiebe, waren noch so überrascht, konnten gar nicht verstehen, was da mit ihnen geschah. Wohl hielten einige von ihnen das Ganze für einen Witz. Kein Wunder, hatte doch eben noch alles so friedlich ausgesehen. Sie dachten nicht daran, die Arbeit einzustellen. Als mehrere Schüsse in den Himmel gefeuert wurden und die blecherne Stimme wieder ertönte, kam Leben in die Holzdiebe. Als alle dort wie befohlen ihre Waffen abgelegt, die Türen der Fahrzeuge geöffnet und sich abseits mit erhobenen Händen aufgestellt hatten, kamen die Ordnungshüter aus ihrer Deckung heraus. Wir alle, dazu etwa zehn Mann von der Polizei, gingen auf die Kriminellen zu und legten ihnen Handschellen an. Nach einer Stunde traf dann ein herbeigerufener Mannschaftswagen von der Militärpolizei ein und lud die Gefangenen auf, um sie direkt ins Gefängnis zu bringen, wo sie dann verhört und eingesperrt wurden. Der Chef hatte die Nachricht über die Festnahme mit Genugtuung aufgenommen, doch nahm er uns übel, dass wir diesen Dreckskerlen nicht wie gefordert den Arsch aufgerissen hatten. Man hätte ihnen somit die Lust genommen, ein weiteres Mal Holz auf dieser Fazenda zu stehlen. Für die nächsten Jahre war von ihnen ohnehin nichts mehr zu befürchten. Ich selbst hatte ein weiteres Abenteuer auf der Fazenda »Lugar no Sol« überstanden. Von nun an lief wieder alles seinen normalen Gang. Ich war jetzt schon seit vier Monaten auf der Fazenda, und es war noch zu keinem Zwischenfall mit den Sem Terra gekommen. Somit observierte ich, sooft es möglich war, dieses für uns verbotene Lager. Der Verdacht, dass es sich hier um ein geheimes Ausbildungslager für irgendwelche Muttersöhnchen handelte, verstärkte sich von Mal zu Mal. Das eine oder andere Mal verließ ich die Fazenda und fuhr in die nahegelegene Ortschaft. Der Zufall wollte es, dass ich dort in einer Kneipe mit einem jungen Mann Bekanntschaft machte, der im Laufe unserer Treffen immer redseliger wurde. Ich kann nicht sagen, ob die von ihm berichteten Geschichten der Wahrheit entsprachen oder nicht. Aber sie klangen plausibel. Dieses Lager war von einem Nazi schon während des Krieges aufgebaut worden. Das hatte ihm sein Vater erzählt. Hier sollten Kinder deutscher Herkunft zu reichstreuen Bürgern herangezogen werden. Als der Krieg jedoch ein unerwartet anderes Ende nahm, verwaiste diese Einrichtung für eine kurze Zeit. Doch bald schon erwachte dieses Lager zu neuem Leben. Nicht nur deutsche oder deren Abkömmlinge trafen sich hier, sondern Vertreter aller Nationen. Wobei das Wort international nicht wörtlich genommen werden darf. Dunkelhäutige oder Andersfarbige waren nicht zu sehen. Davon hatte ich mich schon selbst überzeugt. Das von mir mit eigenen Augen Gesehene und nun Gehörte gab ein ganzes Bild. Doch reichten mir die gewonnenen Eindrücke noch nicht. Sooft ich konnte, suchte ich das Lager und die dort lebenden Personen zu observieren. Natürlich ohne meine Hauptaufgabe zu vernachlässigen. Es war ansonsten so friedlich, dass ich fast vergessen hatte, warum ich eigentlich hier war. Absolut ruhig! Doch dieser Zustand sollte nicht mehr lange anhalten, und ich musste bald schon meine Feuertaufe überstehen. An einem der nächsten Tage, es war so gegen Abend, kam mein Bekannter, der mein Reisegefährte auf der Herfahrt gewesen war, dieser Carlos, zu uns auf die Bauer'sche Fazenda gefahren. Ich begrüßte ihn, und nach einem kurzen »Ola, como vai?« avisierte er die baldige Ankunft einer großen Gruppe der Sem-Terra-Bewegung. Während er sprach, musterte ich ihn eingehend. Es war mir nicht verborgen geblieben, dass er überrascht war mich wiederzusehen. Hatte wohl gedacht, ich wäre nach seiner schlechten Beurteilung der Bauer'schen Familie gleich wieder abgereist. Nur mit halbem Ohr hörte ich ihn berichten, doch beobachtete ich meine Arbeitgeber. Deren Reaktion wollte ich mir auf keinen Fall entgehen lassen. Beide machten betroffene Gesichter. Sie, die Landlosen, waren im Hinterland des Bundesstaates Sao Paulo verjagt worden und hatten jetzt Mato Grosso zu ihrem Betätigungsfeld auserkoren, so berichtete Carlos. Die Vorhut hielt sich bereits ganz in der Nähe auf, wo sie sich nun neu sammelten. Die Bauers reagierten sehr besorgt auf die Nachricht. Die Zusicherung unseres Gastes und Nachbarn, er würde uns im Falle der Gefahr einer Invasion seine Leute zur Verfügung stellen, konnte meine Arbeitgeber nicht besonders beeindrucken. Es war gang und gäbe unter den Nachbarn, bei Gefahr einander unter die Arme zu greifen. Die Angst und Sorge blieb jedoch, während sich der Überbringer der Hiobsbotschaft nicht gerade warmherzig verabschiedete und uns wieder verließ. Er habe es eilig, nach Hause zu kommen, da man nicht mit Sicherheit sagen konnte, wo sich diese Heuschrecken niederlassen würden. Dieser über das Land ziehende Schwarm von Menschen hinterließ eine breite Spur niedergetretenen Grases und eine große, noch lange am Himmel stehende Staubwolke. Alle Landbesitzer alarmierten einander. So schickten auch die Bauers einen Arbeiter hinüber zu dem nächsten Nachbarn mit der beunruhigenden Nachricht. Jede Bewegung dieser Menschenmasse wurde auch von der Polizei beobachtet und an die betroffenen Fazendeiros weitergegeben. Somit konnten sich die Eigentümer einer Inbesitznahme sofort zur Wehr setzen. Meist mit Erfolg! Seltener kam es wirklich zu Landverlusten. Irgendwie war dies nichts weiter als ein politisches Manöver. Um Wählerstimmen zu verbuchen, suchte die Opposition sozial Benachteiligte der Gesellschaft für sich zu gewinnen. Verstärkt fuhr ich jetzt mit den mir unterstellten Leuten den Grenzbereich ab, an dem mit einer Invasion zu rechnen war. Die Umzäunung wurde ausgebessert oder verstärkt, da wo es notwendig erschien. Mit Augusto und Otto beriet ich mich, wie wir verfahren sollten. Auch Vater und Sohn Bauer waren zu uns gekommen, nervös und bis zum Zerreißen angespannt. Es lag etwas Ungeheures, mir Unbekanntes in der Luft. Wie Krieg! Was es ja am Ende auch war. Gemeinsam arbeiteten wir einen Abwehrplan aus. Alles, was Beine hatte, war auf den Füßen. Die gesamten Fahrzeuge der Fazenda waren mit Funk ausgestattet. Aber auch unsere zu Pferde sitzenden Patrouillen hatten Walkie-Talkies bei sich. So konnten die Männer relativ schnell von einem Ende zum anderen Ende der Fazenda dirigiert werden. Alle auf der Fazenda lebenden Männer hatten sich bewaffnet und standen zur Abwehr zur Verfügung. Die Nervosität war nicht nur unter den Menschen, sondern auch unter den Tieren zu spüren. Das Gekläff der Hunde brachte die Pferde durcheinander. Die Pferde bliesen die warme Luft schnaubend durch die Nüstern und tänzelten von einem Huf auf den anderen. Sie ließen sich daher nur mit Mühe unter Kontrolle halten. Kein Wunder, dass in diesem Augenblick auf die zu erwartenden Eindringlinge tausend Flüche gen Himmel gesandt wurden. Manches Mal kamen diese Menschen irgendwo in eine Gegend, hatten mir die Männer berichtet, machten die Leute verrückt und zogen dann doch unverrichteter Dinge weiter. Im gleichen Zeitraum waren jedoch ganz woanders Ländereien besetzt worden. Irgendwo, wo man es gar nicht vermutet hatte. »Hoffentlich machen sie hier nur Tamtam und hauen wieder ab«, meinte Otto in barschem Ton. Diese Landlosen hatten eine starke Lobby. Sie wurden auch noch von katholischen als auch protestantischen Geistlichen begleitet und unterstützt. Zudem hatte die Sem-Terra-Bewegung die Unterstützung mehrerer internationaler Menschenrechtsorganisationen. Auch viele linksgerichtete Parteien hatten ihren Einfluss geltend gemacht. Der Haufen war nicht ein Lotterhaufen wie zu seiner Anfangszeit, sondern wurde straff geführt. Die schlaffe Struktur von ehemals war einer straffen Organisation gewichen. Die Anführer hatten sich im Laufe ihres Wirkens zu richtigen Strategen entwickelt. Sie waren geschult worden, von irgendwelchen Leuten, die aus dem fernen Europa gekommen waren. Genauer gesagt aus dem Osten Europas. Eine Art sozialistische Entwicklungshilfe war da geleistet worden. Die Anführer hatten ihr Handwerk gut gelernt. Wozu sie jetzt in der Lage waren, das hatten sie schon des Öfteren bewiesen. Sie waren zudem gut motorisiert. Hatten eigene Transportmittel wie ausrangierte Omnibusse und LKWs, mit denen sie ihre Leute, aber auch sämtliches Gerät heranschafften. Auch gab es keine finanziellen Engpässe. Die Polizei, das Militär und die Landverteidiger waren von ihnen wiederholt an der Nase herumgeführt worden. Solche Eskapaden riefen unter den Freunden dieser Menschen einen Grund der hämischen Schadenfreude hervor. Man machte sich lustig über die hereingelegten Gesetzeshüter. Diese waren davon natürlich wenig begeistert. Das wurde dann beim nächsten Aufeinandertreffen mit den Ordnungskräften durch entsprechende Härte quittiert. In den nationalen und internationalen Medien bekamen diese Vorfälle einen extragroßen Raum. Aber, so wird erzählt, es soll auch Leute unter diesen ach so armen Menschen geben, die das bei der Landbesetzung erhaltene Grundstück an andere Landlose weiterverkauften und dann erneut in dem Pulk der Landlosen weiterzogen, um sich bei der nächsten Landeinnahme wieder in der Reihe der Besitzlosen anzustellen, um ein weiteres Stück Boden zu erhalten. Aus ehemals Landlosen waren regelrechte Profis geworden, die sich ein Leben als sesshafte Bauern gar nicht mehr vorstellen können und auch wollen. Mit dem Verkauf des ihnen zugesprochenen Grundstücks finanzieren sie ihren weiteren Einsatz, den sie sich zum Lebenssinn machten. Wie immer und wo immer auch gibt es wie überall schlechte Menschen, die durch ihr Verhalten den guten Sinn einer Sache zerstören. So auch diese Menschen, denen das Elend anderer, die wirklich auf Hilfe angewiesen sind, einfach wurst ist. Für mich war es nicht leicht, mich für die eine beziehungsweise andere Seite zu entscheiden. Es fiel mir nicht schwer, mich in die Haut eines Sem Terra zu versetzen. Doch strebte ich nicht nach Land. Aber genauso leicht fiel es mir, jetzt zu tun, was ich tat. Was bewog mich letztendlich, für eine Seite Partei zu ergreifen? Die mir selbst gegebene Antwort lautete: Meine eigene Haut war mir näher als die der anderen. Die Familie Bauer war in der Lage, mir mehr als nur einen vagen Traum zu erfüllen. Den Traum von einem Stück Land. Was hätte ich damit auch anfangen sollen? Mein Verdienst hier war nicht gerade überwältigend. Aber ich hatte auch noch Kost und Logis frei. Dies war ein handfestes Argument für mich. Das Geld, das man mir jeden Monat pünktlich zahlte, konnte ich auf die hohe Kante legen. Damit es von der Inflation nicht aufgefressen wurde, fuhr ich nach jedem Zahltag in die Stadt. Dort in Ponta Grossa gab es einen Zeitschriftenladen, in dem auch ein Fahrkartenverkauf für den Überlandbus eingerichtet war. An der Frontseite dieses Ladens prangte ein überdimensionales Schild, auf dem Tourismusbüro stand. Da hatte der Besitzer wohl ein wenig übertrieben. Eigentlich konnte man nicht davon sprechen, dass es in dieser gottverlassenen Gegend auch nur einen verdammten Touristen gäbe. Von einem Mitarbeiter auf der Fazenda hatte ich erfahren, dass der Besitzer Geld wechselte und dies zu besserem Kurs, als es die Banken taten. Zudem war es immer ein zeitraubendes Anliegen, bei der Bank Geld zu wechseln. Man musste dies einzahlen und bekam nicht den Wechselkurs des Einzahltages, sondern den Kurs nach zwei Wochen ausbezahlt. Bis dahin hatte die Inflation einen weiteren Anteil gefressen. Der Zeitschriftenhändler jedoch zahlte sofort und zu besseren Konditionen. Er kaufte und verkaufte außer den Zeitschriften und Busfahrscheinen auch Devisen. Bis jetzt hatte ich zwar noch keine großen Werte angesammelt, aber im Laufe der Zeit sollte sich das noch ändern. Zumindest träumte ich davon. Damit konnte ich dann meinen alten Traum von etwas Eigenem erfüllen.

Also, was sollte ich mich für die Rechte und Interessen anderer Menschen einsetzen, wenn mir dies keinerlei Vorteile brachte, sondern im Gegenteil nur Ärger? Ewig wie ein Trapp mit solchen Leuten durch die Lande ziehen, vor Hunger den aufgewühlten Staub fressen und zur Löschung des Durstes meinen eigenen Schweiß lecken. Nein! Daher war ich entschlossen, mich ganz für meine Arbeitgeber einzusetzen und deren Besitz zu verteidigen. Man kann alles von zwei Seiten betrachten. Der, der mich jetzt verurteilt, sollte sich erst einmal an seine eigene Nase fassen. Eigentlich war und ist es mir auf Deutsch gesagt scheißegal. Auf die Frage, ob ich auch bereit wäre, jemanden zu töten, käme es zu einem Zwischenfall, wäre die Antwort ein glattes Ja gewesen. Ich wollte auf keinen Fall so enden wie mein Vorgänger hier auf der Fazenda. Daher war ich bereit, es zu tun. Zu tun, was sein musste. Hier war ich kein Mörder auf Bestellung wie in Florianopolis! Hier war es Notwehr. Solange mich niemand angreift, versuche ich ruhig zu sein, doch wer die Hand gegen mich erhebt, muss mit einer Gegenreaktion rechnen.

Die Invasion der Landlosen

Nun, sie konnten kommen, diese elenden Schmarotzer. Hier stand ich, Benno Schreiber, ein aufrichtiger Germane. Na ja, ein halber Germane. Hochgewachsen, blond und blauäugig. So machte man sich hier das Bild eines wahren Germanen. Für brasilianische Verhältnisse war ich groß. Die Farbe meiner Augen war blau. Nur die Farbe meiner Haare passte nicht ins Bild. So wie die Menschen hier im Land ulkige Vorstellungen von allen Dingen haben, die ihnen fremd sind, war es umgekehrt auch in Deutschland. Für die einen war ich kein Deutscher, für die anderen kein Brasilianer. Meine Haare waren dunkelbraun bis schwarz. Egal, wie auch immer, keiner sollte an mir vorbeikommen, redete ich mir selbst ein. Man fühlt sich erhaben wie ein Gott, wenn man die Armseligkeit dieser Menschen sieht und spürt. So erging es auch mir. Mit einem Facao, einem Revolver und einem FN- Gewehr bewaffnet stand ich ein paar Stunden später nur aufgehetzten Menschen gegenüber, die nur einen Knüppel in der Hand hielten. Aber die Menschenwand, die uns gegenüberstand, war gefährlich. Die knüppelschwingend, ihre Kampfparolen schreiend, Terror unter uns verbreiten wollten. Hassverzerrte, von den Strapazen gezeichnete Fratzen. In den ersten Linien standen Frauen und Kinder. Nur vereinzelt waren Männer zu sehen. Bei dem Anblick, der sich mir bot, schrumpfte meine anfängliche Erhabenheit. Wie sollte ich es mit meinem Gewissen vereinbaren, meine Waffe auf ein kleines, mir gegenüberstehendes Kind oder dessen Mutter zu richten? Diese Scheißmänner, die sich im Hintergrund aufhielten, waren elende Feiglinge. Man kann es von mir aus als eine gelungene Strategie ansehen, für mich jedoch ist es nichts weiter als ein feiges und erbärmliches Verhalten, Kinder an die Front zu schicken. Jetzt würde ich alles drum geben, wäre ich so groß wie eine Kirchenmaus. Als Kirchenmaus könnte mir die Flucht gelingen, aber so groß wie ich war, bestand keinerlei Aussicht, mich meiner Verantwortung zu entziehen. Mit meinen Waffen, den Kameraden und dem Gesetz auf meiner Seite war ich denen zwar überlegen, aber fragte sich nur, wie lange. Mit zwei, drei Knüppelschlägen auf den Kopf ist man womöglich genauso tot wie mit einem Schuss ins Genick. Nur dauert es länger, bis man dieses Stadium erreicht hat. Hier an dieser Linie standen wir gerade mal mit etwa zehn Mann einer grölenden Menschenmenge von mehr als zweihundert Köpfen gegenüber. Von Stunde zu Stunde reckten sich immer mehr drohende Fäuste zum Himmel. Außer Knüppeln wurden auch landwirtschaftliche Geräte zu Waffen, bis dann auch die ersten Schusswaffen zum Vorschein kamen. Die mir unterstellten Männer wurden im Laufe der Zeit immer nervöser. Auch sie rechneten sich wohl eine geringe Überlebenschance aus, sollte die Menschenmasse über uns herrollen. Nachbarn aus den umliegenden Fazendas schickten uns Verstärkung zu, und bald zeigten sich auch die Hüter des Gesetzes. Am Anfang noch in überschaubarer Stärke. Bald jedoch wimmelte es nur so von Uniformierten. Im Hintergrund sah ich mehrere Fahrzeuge mit Tarnfarbe. Dort standen die Bauers, während eine kleine Armee von den Fahrzeugen sprang und vor diesen

Aufstellung nahm. Sie waren gut bewaffnet, die Männer dort. Das konnte ich von hier aus gut feststellen. Meine Aufmerksamkeit wurde plötzlich durch einen schwach zu hörenden, immer lauter werdenden Lärm abgelenkt. Dann schwirrten zwei Polizeihubschrauber durch die Luft. Sie flogen tief übers Land. Anfangs waren es, wie schon erwähnt, nur vereinzelte Polizisten, die sich der Masse entgegenstellten, dann kamen sie in Mannschaftsstärke, und bei diesem Anblick machte sich in mir ein beruhigendes Gefühl breit. Sie verteilten sich auf der Frontlinie zwischen uns und den Eindringlingen. Die Polizisten standen eindeutig auf unserer Seite und machten daraus auch keinen Hehl. Es war ihre Pflicht, Eigentum zu schützen! Eindringlinge, die sich nicht schnell genug in ihre Reihen zurückzogen, bekamen den Gummiknüppel zu spüren. Das waren an diesem Abend nicht wenige. Mir wurde zusehends heiß, und es trat der Schweiß aus allen Poren. Der von den Massen aufgewirbelte Staub wollte sich einfach nicht wieder legen. Ein feiner roter Nebel verdunkelte die hereinbrechende Nacht um eine Nuance mehr als sonst. In normalen Nächten konnte man um diese Uhrzeit einen sternbedeckten Himmel sehen, doch jetzt war nicht einmal eine freie Sicht auf fünfzig Meter möglich. Der alte Patron, Senhor Bauer, lief an diesem Abend aufgeregt hin und her, mit der Angst im Nacken, heute und hier sein gesamtes Hab und Gut zu verlieren. Hatten die Landlosen erst einmal Besitz ergriffen, war es schwer, sie wieder loszuwerden. Auch rechtlich war es nicht leicht, gegen sie anzukommen. So ein Prozess konnte sich über Jahre und sogar über Jahrzehnte hinaus ziehen. Wenn dann einem ehemaligen Landbesitzer das Eigentum von Rechts wegen zugestanden wird, kann es passieren, dass die Eindringlinge das Land mit Petroleum verseuchen und es für Jahre unbrauchbar machen. Eine solche Rache ist ganz schön mies. Meine Freunde und Kollegen sprachen oft, wenn wir abends nach Feierabend zusammensaßen, über solche von ihnen selbst erlebten Vorkommnisse, wo und wie sich diese Landlosen benahmen. Es waren ganz schön brutale Sitten. Der eine oder andere Landverteidiger hatte sein Leben für ein Stück Erde geben müssen. Doch unter den Invasoren lichteten sich die Reihen noch stärker. Sie waren einfach die Schwächeren. Aber sie kamen immer und immer wieder in Massen und zwangen das Glück so auf ihre Seite. Hier jedoch sollten sie kein Glück haben, denn der alte Bauer war nicht gewillt, auch nur einen Quadratmeter seines Landes zu opfern. Der junge Bauer noch weniger. Ich zog meine mir unterstellten Leute an drei Punkten zusammen. Die meisten meiner Leute kamen hier verstärkt durch eine ganze Reihe von eigenen Arbeitern und Fremdarbeitern an der Pontagrossa-Straße zum Einsatz. Eine kleinere Truppe ließ ich an der nach Getulio abzweigenden Straße. Die dritte Gruppe hielt ich als Reserve im Hinterland bereit. Diese Gruppe war stark motorisiert, um schnell von einem Einsatzort zum anderen verlegt zu werden. Zudem standen die aus diesem Lager kommenden, immer noch sich im Hintergrund aufhaltenden Männer als Eingreifreserve zur Verfügung. Zwei Grenzen lagen direkt am Nachbarland. Dort war nicht mit einer Invasion zu rechnen. Nur die beiden Flanken zu den beiden Verbindungsstraßen waren offen und sehr verletzbar. Daher meine Anordnung, die ohne Kritik akzeptiert wurde, beide Abschnitte nicht aus den Augen zu lassen. Die Sem-Terra-Bewegung erhielt im Laufe der Nacht noch einen ganzen Schwarm an Verstärkung, was erst am nächsten Morgen so richtig ersichtlich wurde. Immer wieder war es in der Nacht zu kleineren Grenzüberschreitungen gekommen, die jedoch nicht ernsthaft durchgeführt wurden, sondern uns nur nervös machen sollten. Die Anführer der Sem-Terra-Bewegung führten irgendetwas im Schilde. Ich konnte mir zu dem Zeitpunkt nicht so richtig vorstellen, was diese Invasionsversuche zu bedeuten hatten. Mir fehlte schlichtweg gesagt die Erfahrung mit diesen Leuten und deren Aktionen. Es war ja auch das erste Mal, dass ich mit diesen Leuten zu tun hatte. Auch am darauffolgenden Tag blieben sie da. Sie hatten die Straße von Coiaba nach Ponta Grossa besetzt. Auch die seitlich verlaufenden Grünstreifen waren von ihnen eingenommen worden. Sie schlugen dort Zelte auf und auch bald gab es bei denen etwas Warmes zu essen. Richtig gemütlich hatten sie es sich gemacht. Wie die das bloß anstellten, fragte ich mich im Geheimen. Alles war bis ins Detail organisiert. Nicht wie auf unserer Seite. Nur mit Mühe und Not bekamen wir etwas zu essen aus der Gemeinschaftsküche gebracht. Niemand hatte daran gedacht. Alle waren vor Schreck wie gelähmt gewesen. Auch die Frauen der Arbeiter. Wie aber sollten wir mit leerem Magen Krieg führen? Als sie erfuhren, dass wir am Verhungern waren, halfen die auf der Fazenda lebenden Frauen Maria Brote schmieren und mit Mortadella zu belegen. Besser als gar nichts, dazu gab es heißen schwarzen Kaffee. Schwarzen Kaffee mit viel Zucker. Das brachte verlorene Energie zurück. Danach ging es schon wesentlich beruhigter zu, mit etwas im Magen. Wir warteten geduldig und schauten, wie sich das Kommando der Policia Militar mit den Anführern der Landlosen irgendwie zu einigen suchte. Am späten Nachmittag zogen sich die Landlosen zurück und verschwanden mit Sack und Pack. Schneller noch, als sie gekommen waren. Viel Dreck und Unrat am Straßenrand zurücklassend. Ich konnte es noch immer nicht glauben, aber es war wahr. Sie zogen ab, und wir lebten alle noch. Keine Toten und keine Verletzten. Kaum vorzustellen, wenn sie alle auf uns gestürzt wären. Wir hätten womöglich zweihundert von ihnen getötet und eine ganze Anzahl verwundet, doch am Ende hätten sie uns erschlagen, wie man Ratten erschlägt. Es war für mich immer noch unglaublich. Als ich mich einigermaßen beruhigt hatte, suchte ich die am Horizont vermeintlich stehende Truppe, die sich jedoch bereits zurückgezogen hatte. Nichts deutete darauf hin, dass sie sich eben noch dort befunden hatte.

Was das mit diesem geheimen Lager auf sich hatte, wollte ich unbedingt wissen. Tagsüber war ich immer in Begleitung meiner Leute, aber gegen Abend, wenn sich alle zurückzogen, konnte ich mich frei bewegen. In all den Tagen und Nächten, die ich in der Gegend herumschlich, war mir schon jeder Stein und jeder Strauch bekannt. Ich hatte mir genau die Richtung gemerkt, in der sich das Lager befand. Doch bei Nacht war es etwas anderes, dieses Gelände zu überwinden, als bei Tage. Bis dorthin waren es zudem etwas mehr als fünf Kilometer. Wegen der Unwegsamkeit des Geländes etwa zwei Stunden Fußmarsch. Ich rechnete mir aus, wie und wann ich dieses Vorhaben von neuem angehen sollte. Bald, bald schon wollte ich es wieder wagen und bei Nacht versuchen Licht in das Dunkel zu bringen und dieses Geheimnis lüften. Womöglich konnte ich irgendwie in das Lager eindringen, um meine Neugierde zu befriedigen. Warum die Landlosen jedoch das Gelände kampflos überlassen hatten, bekam ich von Herrn Bauer in Erfahrung. Da ich hier auf der Fazenda kein Fernsehgerät und kein Radiogerät besaß, war ich von der Außenwelt wie abgeschnitten. Der Gouverneur des Bundesstaates hatte den Landlosen ein dem Bund gehörendes Gelände zur Verfügung gestellt, daher waren sie dieses Mal friedlich weitergezogen. Das also war mein erster wirklich gefährlicher Einsatz als Capitao. Ich dankte persönlich meinen Männern und den mir zur Hilfe gestellten Arbeitern der Fazenda. Für alle Beteiligten und deren Familien gab der Patron am frühen Abend des nächsten Tages ein Fest mit einem ganzen Ochsen am Spieß und so viel Bier aus, wie wir trinken konnten. Schon früh am Morgen wurde der Ochse geschlachtet und in großen Stücken aufgespießt und über das Feuer gehängt. Ganz langsam garte das Fleisch über dem Feuer, welches mit Spritzwasser niedrig gehalten wurde. Ein fröhliches Fest wurde es, dadurch dass einige der Arbeiter Musikinstrumente herbeiholten und zum Tanze aufspielten. Maria hatte gemeinsam mit einigen Frauen ein Salatbuffet aufgebaut. Es war an alles gedacht. Niemand musste sich beklagen. Es war genug da für alle. Bis in den frühen Morgen hinein wurde gefeiert. Nur wer zum Bereitschaftsdienst eingeteilt war, musste sich beim Biergenuss zurückhalten. Obwohl ich nicht eingeteilt war, trank ich nur zwei Glas Bier, aß aber dafür eine große Portion Rindfleisch. Herzhaft und zart wie Butter war das Fleisch. Meine Augen suchten die Kameraden, und so sah ich, wie Otto und Augusto kräftig aßen und tranken. Ganz besonders nahm ich mit Genugtuung auf, dass beide ausgelassen feierten und noch mehr tranken. Sooft sich unsere Blicke kreuzten, hob ich mein Glas und prostete ihnen zu. Ja, ich hatte Erfolg! Weit nach Mitternacht wankten beide Arm in Arm der Unterkunft entgegen. Die meisten waren schon zu Bett gegangen. Andere hatten es sich gleich auf dem Erdboden bequem gemacht. Überall lagen die Alkohol-leichen herum. Maria hatte sich an mich gelehnt und schlief glückselig in meinem Arm ein. Ich war am Ende einer der Letzten, die noch wach waren. Auf alle Fälle der Einzige aber, der nüchtern war. Sanft weckte ich Maria und begleitete sie zu unserem Häuschen und half ihr noch ins Bett, gab ihr einen langen Kuss und strich ihr zärtlich übers Haar. Sie lächelte zufrieden und fiel zurück in einen tiefen, erholsamen Schlaf.

Die nächtliche Erkundung

Was hatte es mit dem Lager auf sich? Jetzt wollte ich es wissen! Ich nahm meine Waffen und mein Fernglas, zog eine Jacke über und ging aus dem Haus und in Richtung dieses geheimen Lagers. Es fing schon an hell zu werden, als ich die Hälfte des Weges hinter mir hatte. Bevor ich mich auf den Weg machte, schnitt ich mir noch einige feine Scheiben des Fleisches ab, das noch über dem Feuer hing, legte es in ein halbes Stangenbrot und füllte meine Feldflasche mit Wasser. Das war gut gewesen, denn trotz der relativ kurzen Strecke, die ich bis zu diesem geheimnisvollen Lager hinter mich bringen musste, verspürte ich jetzt schon ein Knurren in der Magengegend. Dort angekommen, setzte ich mich erst einmal an den Fuß eines Baumes, aß und trank etwas von dem mitgebrachten Frühstück. Im Anschluss nahm ich meine Beobachtungstätigkeit auf. Das erste Mal, dass ich mich um diese Zeit hier am Lager zur Beobachtung befand. Sonst war es entweder stockdunkel oder aber am helllichten Tage gewesen. Genüsslich aß ich das letzte, leckere Stück Rindfleisch. Danach griff ich zu meinem Fernglas und beobachtete von meinem Standort aus das Treiben dort unten vor mir. Ein Blick auf meine Armbanduhr sagte mir, dass es erst fünf Uhr und zehn Minuten war, und trotz dieser frühen Stunde war das Treiben dort bereits recht aktiv. Um sechs Uhr hallte ein Trompetensignal und zerriss die stille Morgenluft. Gleich darauf bewegten sich alle, Männer und Frauen, Jungen und Mädchen, im Laufschritt zum Appellplatz hin und nahmen dort eine militärische Grundstellung in Blockform ein. In der Mitte des Appellplatzes befand sich ein weiß gestrichener Fahnenmast. Eine Gruppe von fünf Männern und zwei Frauen stand seitlich aufgereiht, ebenfalls uniformiert. Davor, gegenüber dem Fahnenmast, war die männliche Truppe angetreten und ihnen gegenüber die wesentlich kleinere, weibliche Truppe. Auf einen zackig geblasenen Trompetenstoß traten drei junge Burschen aus der Formation heraus und bewegten sich zum Fahnenmast hin. Der junge Mann in der Mitte trug auf seinen Armen eine zusammengefaltete Fahne. Vor dem Fahnenmast kamen sie zum Stehen. Sie nahmen Haltung an. Eine momentane Stille breitete sich aus über dem Tal. Ein neuerlicher, langgezogener Trompetenstoß zerriss die Stille über dem Lager, und während die Fahne gehisst wurde, standen alle Anwesenden in Habtacht-stellung. Was mich interessierte, war zu sehen, um was für eine Flagge es sich da handelte. Doch die Windstille machte mir einen Strich durch die Rechnung. Schlapp hing das Tuch jetzt am Mast herunter. Ich konnte trotz-dem die Farben Schwarz, Weiß und Rot feststellen. Bei der schwarzen Farbe konnte es sich auch um ein Dun-kelblau handeln. Auf der größeren, weißen Fläche befand sich etwas Ähnliches wie ein schwarzer Kreis. Zumindest hatte ich den Eindruck, als wäre es ein Kreis. Obwohl ich diese Fahne auch schon des Öfteren am Tage gesehen hatte, war mir immer noch nicht klar, was das schwarze Emblem zu bedeuten hatte. Nach dem Fahnenappell traten mehrere Personen aus der Formation heraus und gaben irgendwelche Befehle aus. Mit einem lauten, drei-fachen Hurra rannten alle in eine der Baracken hinein, der Uhrzeit nach wohl zum Frühstückfassen. Gleich darauf wurde es wieder totenstill im Lager. Ich nahm mir die verbleibende Zeit, um die Umgebung des Camps unter die Lupe zu nehmen. Ein Blick auf meine Armbanduhr, und ich raffte mich unverzüglich von meinem Beobachtungsstand auf. Für diesen Tag musste ich es als genug betrachten, was ich zu sehen bekommen hatte. Ich nahm mir vor, diese Beobachtungen das eine oder andere Mal in der Nacht zu wiederholen. Ich wollte mich vergewissern, ob sich da wirklich irgendwelche unheimlichen Dinge zutrugen. Dieser Oswaldo, den ich in der Kneipe getroffen hatte, wusste darüber nichts zu berichten. Vielleicht hatte sich Carlos nur geirrt. Er war ja auch nicht ganz sicher mit seiner Einschätzung gegenüber den Bauers. Das musste ich nun selbst herausfinden. Es war bereits sieben Uhr durch, und ich musste schauen, dass ich zurück zu Maria und meinen Leuten kam. Ich wollte nicht, dass mich jemand aus dieser Richtung kommen sah und auf irgendwelche Mutmaßungen kam. Daher machte ich einen großen Bogen und kam verschwitzt gegen elf Uhr von der entgegengesetzten Richtung ins Lager. Ich ging direkt in die Kantine, wo Maria bereits das Mittagessen so gut wie fertig hatte. Als sie mich kommen sah, ließ sie den Schöpflöffel in ihrer Hand in den Suppentopf fallen und kam auf mich zugeeilt. Mit einem herzhaften Lächeln schlang sie ihre Arme um meinen Hals und zog mich zu sich herunter. Einen langen Kuss gab sie mir zur Begrüßung, den ich mit der gleichen Wärme erwiderte. Trotz der harten Arbeit und der Hitze in der Küche roch sie frisch und wunderbar. Ich nutzte die Gelegenheit und trank einen Kaffee mit viel Zucker, wie dies so üblich war. Sie setzte sich zu mir und ließ mich keine Sekunde aus den Augen, während ich ihr in gedämpftem Ton von meiner morgendlichen Entdeckung erzählte. Als ich geendet hatte, nickte sie zustimmend mit dem Kopf, als wüsste sie bereits von dem dortigen Lager und als sei es für sie keine Neuigkeit. »Was weißt du darüber?«, wollte ich jetzt von ihr wissen. Das war ja der Hammer, mit mir vollzog der Otto ein Theater wegen dieses geheimen Lagers und ich mache den Affen, während sogar unsere Köchin in dieser Sache eingeweiht ist. »Jetzt habe ich keine Zeit, mein Schatz, aber später will ich dir alles erzählen«, dann stand sie auf und ging zurück an den Herd. Aber jetzt war ich noch neugieriger geworden, zu erfahren, was es dort in dieser weit abgelegenen Kaserne so Geheimnisvolles gab und warum der Patron nicht wollte, dass sich jemand von uns dort aufhält oder herumtreibt. Ich ging nach Hause, sprang unter die Dusche und dann ins Bett. Es war kurz nach vierzehn Uhr, als Maria nach Hause kam, flugs unter die Dusche stieg und sich dann zu mir ins Bett legte. Maria war eine kleine, süße Wildkatze. Nackt, noch nass vom Duschwasser lag sie verführerisch neben mir. Nur jetzt war ich mal nicht an einem Liebesspiel interessiert, sondern wollte von ihr wissen, was ihr über dieses verbotene Anwesen bekannt war. Meine Ablehnung nahm sie mit dem leichten Anflug von gespielter Enttäuschung hin. Doch dann zeigte sie Verständnis für meine Neugierde. Maria erzählte mir, dass sie vor zwei Jahren einen Freund hatte, der hier auf der Fazenda angestellt war und wie ich neugierig der Sache auf den Grund gehen wollte. Er trieb sich oft dort herum und beobachtete Dinge, die er besser nicht hätte sehen sollen. »Was für Dinge waren das?«, unterbrach ich sie. Es solle, so berichtete sie, ein Ausbildungscamp sein, in das Jugendliche aus der ganzen Welt geschickt werden, die dann später eine besondere Rolle in der Gesellschaft ihres Landes spielen sollen. Wie Maria dies erzählte, fiel mir ein, dass ich tatsächlich viele junge Leute unter den dort Anwesenden gesehen hatte. Dann wollte ich von ihr wissen, was mit diesem Freund passiert war und wo er sich heute befinden könnte. Irgendwann, so berichtete sie weiter, sei er von den dortigen Leuten entdeckt und bei Herrn Bauer denunziert worden. Dieser habe ihren Freund dann auf der Stelle entlassen und er sei nie mehr aufgetaucht. Es sei gar gemunkelt worden, man habe ihn verschwinden lassen. »Glaubst du dies?«, wollte ich nun von Maria wissen. Sie zuckte mit den Schultern und sah nachdenklich zu Boden, dann hob sie ihren Kopf und schaute mir mit festem Blick in die Augen. Zuerst sprach sie nur stockend, dann mit der Zeit wurde ihre Berichterstattung fließend. »Dort sollen Dinge passiert sein, die ein Geheimnis bleiben sollten«, erzählte sie. »Joao, mein Freund, sah, wie sie mehrere Male Leute brachten, die dort allem Anschein nach gefoltert wurden. Er habe dann stundenlang Schreie gehört. Keine Freudenschreie, sondern Schreie, wie er sagte, tief aus der Hölle.« Sie stockte einen Augenblick, so als müsse sie die Worte ordnen, dann fuhr sie zu erzählen fort, und ich hörte ihr gespannt dabei zu. Dort sollen sich einige ältere Personen aufhalten, die gute Beziehungen besitzen sollen. »Was für Beziehungen und zu wem?«, unterbrach ich sie. Joao sei ein komischer Kerl gewesen. Irgendwie ebenso geheimnisvoll wie die ganze Geschichte dort. Eines Tages sei er aufgetaucht, habe sich nicht so richtig eingeordnet, wie er eigentlich hätte tun sollen. Er wurde des Öfteren vom Patron verwarnt, weil er sich nicht um seine eigentliche Arbeit kümmerte, sondern sich irgendwo herumtrieb. Außer Maria wusste niemand, wo er sich den ganzen Tag über aufhielt. »Ich glaube, er war irgendein Detektiv oder so etwas Ähnliches«, spekulierte sie. Er sei besessen gewesen, zu erfahren, was sich da abspielte. Otto habe ihn ständig argwöhnisch beobachtet. Es sei ihr auch aufgefallen, dass Otto dem Joao heimlich gefolgt war, wenn sich dieser verdrückte. Beide hätten sich nie richtig verstanden, ja gar angeschrien hätten sie sich. Als sie Joao darauf hinwies, dass sich Otto immer an dessen Fersen heftete, wenn er sich auf und davon machte, wurde er vorsichtiger. Zum Ärger von Otto tat er so, als verschwinde er wieder mal, und schlug einen Haken, wie er sich ausdrückte, und befand sich nun seinerseits auf den Fersen von Otto. Der Jäger war zum Gejagten geworden. Wenn Otto bemerkte, dass er hereingelegt worden war, wurde er wütend, was Joao mit einem Grinsen quittierte, worauf sich Otto vor Wut fast in den eigenen Hintern biss. Otto, so meinte Maria abschließend, war vorne nicht wie hinten. Mit anderen Worten sollte ich auf meine Schritte achten, wenn ich mich in seiner Gesellschaft befand. Diesen Ratschlag wollte ich von nun an gut beherzigen. Maria und ich wälzten uns dann noch ein wenig im Bett herum, bis sie wieder hinüber in die Kantinenküche ging, um das Abendessen herzurichten. Sie brauchte viel Liebe und Zärtlichkeit. Bei ihrem Aussehen fiel es mir nicht schwer.

Eine Figur wie im Bilderbuch, dazu eine bronzefarbene Haut, schöne, wohlgeformte, feste Brüste, ebenso feste, knackige Arschbacken und eine immer hungrige Muschi. Was sie noch reizvoller machte, war ihre herzliche, offene Art. Ich blieb allein zurück und dachte über die Geschichte nach, die ich soeben gehört hatte. Ich konnte mir so etwas Abenteuerliches nicht vorstellen. Aber auf der anderen Seite war es doch seltsam, dass man so viele Geheimnisse darum machte. Otto gehörte zu den Menschen, für die ein Befehl heilig ist. Doch konnte ich mir nicht vorstellen, dass er einen Menschen tötete, nur weil dieser einen Befehl außer Acht lässt. Wohl war dieser Joao abgehauen, um sich von Maria frei zu machen. Hatte den Rauswurf auf seine Art genutzt. Warum er dies jedoch getan hatte, konnte ich beim besten Willen nicht verstehen. Diese Frau war eigentlich eine Wucht. Hatte bestimmt irgendwo eine andere sitzen. Eine bessere Partnerin. Eigentlich schwer zu glauben! Bald nach Maria verließ auch ich das Haus, setzte mich in die Kantine und schaute ihr zu, wie sie sich mit Grazie bewegte. Ja, geschmeidig wie eine Katze war sie, da gab es keinen Zweifel. Als ich so dasaß und ihr träumerisch zusah, kam Otto zur Tür herein und auf mich zu. »Na, Capitao!« Ich machte eine einladende Handbewegung, Platz zu nehmen, was er auch ächzend tat. Seinem Aussehen nach hatte ihm der viele Alkoholgenuss sehr zugesetzt. Das war wohl für die nächste Zeit das letzte Bier. Augusto und er hatten mehr als zehn Glas pro Mann geschluckt. Das blieb nicht in den Kleidern stecken. Nun kam auch Augusto herein und setzte sich, ohne eine Aufforderung abzuwarten, zu uns an den Tisch. »Na, du Säufer«, sagte er und schaute Otto dabei mitleidig an. »Selber Säufer«, antwortete Otto müde. Das war dann auch die ganze Unterhaltung gewesen. Beide starrten jetzt rammdösig auf die Tischplatte vor sich. Ja, dachte ich, saufen muss man eben können. Um beide ein wenig auf den Arm zu nehmen, sagte ich: »Wie sieht es aus, Jungs, trinken wir ein Gläschen Bier?« Beide starrten mich ungläubig an, so als hätte ich einen Witz gemacht, über den jedoch keiner lachen konnte. Maria hatte meine Frage gehört und den Sinn dieser auch verstanden. Da noch Bier übrig war, goss sie drei Gläser voll und kam an den Tisch. »Ich habe gehört, ihr wünscht ein Bier«, dabei lächelte sie verschmitzt, blinzelte mir zu und stellte die Gläser vor uns hin. Ich nahm das vor mir stehende Glas, hob es an und prostete beiden zu. Mit ekelverzerrtem Gesicht kamen sie meiner Aufforderung nach, erwiderten mit »Saude« und tranken in kleinen vorsichtigen Schlucken. Als die Gläser leer waren, bat ich Maria die Gläser nochmals zu füllen, was sie tat. Als auch dieses Bier getrunken war, beeilten sich beide vor meiner nächsten Bestellung das Weite zu suchen. Maria und ich sahen uns an und mussten lächeln. Die beiden hatten wir aber schnell in die Flucht geschlagen. Mit den wenigsten der Männer war an diesem Tage zu rechnen. Die meisten hatten einen dicken Brummschädel und lagen mit diesem beschäftigt in ihren Betten herum. Am nächsten Tag gingen wir alle wie gewohnt unseren Tätigkeiten nach. Die Siegesfeier war vorüber. Bald war dies Geschichte, und der Alltag war auf der Fazenda eingezogen. So zog ich wieder wie davor durchs Land, einen Tag mit Otto, den anderen Tag mit Augusto.

Ein Elitecamp?

Während wir so stundenlang durch das Land streiften, unterhielten wir uns immer intensiver über die Art der Verbesserung der Grenzsicherung. Bei einer unserer Wanderungen an der Grenze entlang sprach ich Augusto auf dieses geheimnisvolle Camp an. Ich wollte mal sehen, was er darüber wusste. Er habe diese Einrichtung auch schon entdeckt und sich gewundert, was es damit auf sich hatte. Als er das erste Mal darauf gestoßen sei, sei er darauf zugegangen, um sich persönlich davon zu überzeugen, dass es da mit rechten Dingen zuging. Ein älterer Herr in einer Art Uniform habe ihn angewiesen die Gegend zu verlassen, da das dortige Personal das Recht habe, von der Schusswaffe Gebrauch zu machen. Am Tag darauf hatte Augusto beim Patron erscheinen müssen. Der Patron habe ihm für die Zukunft verboten, in die Nähe dieses Gebietes zu gehen. Er sei auch nie mehr dorthin gegangen, aber unter den Arbeitern und Bewohnern kursierten allerhand Gerüchte. Eine Geschichte schlimmer als die andere. Es soll sich dort um eine von ehemaligen Nazis gegründete Einrichtung handeln, in der heutzutage die Söhne und Töchter reicher und angesehener Weltbürger auf die Verantwortung vorbereitet werden, die sie eines Tages zu tragen hätten. Dazu gehöre eine harte Ausbildung mit militärischer Disziplin. Diese Jungen und Mädchen gingen das Jahr über in teure Privatschulen und in den Ferien kamen sie dann hierher. Damit ihre Identität gewahrt bliebe, dürfe niemand mit ihnen in Kontakt kommen. Kaum vorzustellen wäre die Reaktion, wenn in den Medien darüber berichtet würde. Wenn zusätzlich Namen genannt würden. Immerhin sollte es sich bei den dort im Camp befindlichen Jugendlichen um die Söhne und Töchter sehr angesehener Leute handeln. Mitglieder der allerhöchsten internationalen Gesellschaft. Aber was mich verwunderte, war die Tatsache, dass bei dem Versuch, die hiesige Fazenda zu besetzen, diese so wichtigen Jungen ihr Leben für ein schlampiges Stück Land irgendwo im hinteren Eck Brasiliens hätten geben sollen. Ob diese Eltern darüber Bescheid wussten? War wohl nicht anzunehmen. Augusto schüttelte den Kopf und klärte mich auf. Die dort aufgezogene Schutztruppe, das waren Angehörige des Lagerpersonals. Alles hart ausgebildete Kämpfer, die aus den Elitetruppen aller Armeen der Welt rekrutiert wurden. Auf die Frage, woher er all die Informationen hatte, gab er keine Antwort. Er fuhr stattdessen in seiner Erzählung fort. Weil es sich hier um eine so wichtige Einrichtung handelte, habe der Gouverneur des Staates auch so schnell reagiert und Land des Bundes zur Verfügung gestellt. Wenn es hier nicht diese Einrichtung gegeben hätte, wäre Ähnliches niemals geschehen. Obwohl Augusto betont hatte, dass es sich um Gerüchte handelte, ergab das Gesagte aber Sinn. Gewaltigen Sinn. Das wiederum bestätigte, was ich aus dem Munde meines Vaters gehört hatte. Damals, vor und nach dem Krieg, hatten nicht nur die Deutschen die Nazis unterstützt. Besonders jedoch die Kirche und das Kapital taten sich hervor. Auf der einen Seite der lebenswerte Mensch, auf der anderen Seite die Masse des nicht lebenswerten Menschen. Dies war doch auch, was Adolf Hitler den Massen suggerierte. Zwar war das hier nicht direkt mit seinem Rassenwahn zu vergleichen, doch etwas Ähnliches war es schon. Von nun an suchte ich immer öfter die Gegend um dieses, wie ich es nannte, Konzentrationslager der Weltelite auf. Immer wenn ich mich in Begleitung von Augusto befand, lenkte ich unsere Schritte oder auch unser Fahrzeug dorthin, wenn wir motorisiert unterwegs waren. Damit unsere Begleitmannschaft davon nichts mitbekam, ließen wir sie diesseits des Sees zurück und fuhren mit dem Kanu auf die andere Uferseite hinüber. Von dort aus marschierten wir in Richtung Lager. Im Laufe der Zeit bekam ich einen genaueren Überblick über das Leben und Treiben der dort befindlichen Menschen. Harter, militärischer Drill sollte wohl die zukünftige Weltelite auf ihre Vormachtstellung ausrichten. Auch lernte ich mit der Zeit die Gesichter kennen, dann zu unterscheiden, wer Ausbilder und wer Auszubildender war. Die Mädchen wurden genauso hart drangenommen wie die Jungs. Da wurde keine Ausnahme gemacht. Es gab dort im Lager auch eine Hindernisbahn, auf der die dortigen Kadetten jeden Tag drei Mal drüber wegmussten. Die Jungs waren dabei ohne Frage im Vorteil den Mädchen gegenüber, die mir leidtaten. Sie wurden mit Gebrüll und Härte angetrieben. Jeden Tag, den ich mit Augusto dort herumsaß oder -lag, erhielt ich einen erweiterten Einblick. Auch in die Hierarchie der Campbesatzung. So war mir klar, wer dort das letzte Wort beziehungsweise wer zu befehlen und wer zu folgen hatte. Wer sich besonders hervortat und wer der Sache nicht besonders gewachsen war. Hinter den Baracken, auf einer kurz

gemähten Rasenfläche, befand sich eine Art Formal-
ausbildungsplatz. Dort traten die etwa sechzig Jungen
und vierzehn Mädchen täglich am frühen Morgen und
am späten Nachmittag im Sportdress zu ausgedehnten
Leibesübungen an. In einem weit auseinandergezoge-
nen Viereck traten sie an, und einer der Ausbilder stand
auf einem hölzernen Podest und gab Anweisungen in
englischer Sprache. Laut, für alle gut hörbar, brüllte er
seine Kommandos über die versammelten Kadetten hinweg, dabei machte er ihnen jede einzelne Übung vor.
Ihm untergebene Ausbilder und Ausbilderinnen liefen
zwischen den Kadetten herum und kontrollierten die
korrekte Ausführung der gegebenen Befehle. Englisch
war auf alle Fälle die Lagersprache. Dies konnte ich mit
Sicherheit sagen. Einmal in der Woche traten alle Kadetten vor dem Fahnenmast mit schwerem Gepäck an
und marschierten zwei Stunden lang in großem Bogen
um das Lager herum. Beim ersten Mal wären wir fast
von ihnen überrannt worden. In letzter Minute konnten
wir uns zurückziehen und damit verhindern, dass man
uns entdeckte. Nach einem Monat standen zwei Busse
vor dem Lager, und die Kadetten stiegen in Zivil in die
bereitgestellten Fahrzeuge. Es überraschte mich, denn
am vorherigen Tag war ich mit Otto auf Streife gewesen. Wir hatten den Grenzzaun nach Getulio kontrolliert
und durch Arbeiter der Fazenda ausbessern lassen, wo es
eben notwendig gewesen war. Somit hatte ich das Ende
nicht richtig mitbekommen. Hätte zu gerne miterlebt,
wie sie da drunten diesen letzten Tag verbracht hatten.
Das war wohl das glückliche Ende für diese Kinder, die
jetzt zurück in die mondäne Welt des unbesorgten Reich-

tums fuhren. Diese Tage des harten Drills ihr Leben lang nicht vergaßen und glaubten, damit die Härten des Lebens kennengelernt zu haben. Über eine Eskaladierwand zu klettern, über eine Hängebrücke zu gehen oder sich in eine tiefe Schlucht abzuseilen mag eine große Leistung sein. Zweifellos gehört viel Mut dazu und es ist hart, es zu tun. Doch was ist es gegenüber der Härte des wahren Lebens, bei der niemand nebendran steht und Hilfestellung gibt? Arme Kinder, die morgen in das Leben der Erwachsenen eintreten und glauben, sie hätten hier gelernt mit Problemen in der Menschenführung umzugehen. Im Haurucksystem ohne Zweifel! Doch gewisse Dinge kann man nicht in der Schule lernen. Die lernt man wirklich nur im wahren Leben. Das Leben ist eine Kette von Gefühlen, resultierend aus Erfahrungen. Je größer der Schatz der Erfahrungen, desto größer auch die Fähigkeit, sich in einen anderen Menschen hineinzuversetzen und ihn letztendlich zu verstehen. Wie aber kann ein Mensch das Verhalten eines anderen Menschen beurteilen, der keinerlei wahre Lebenserfahrung hat? Wie viele Vorgesetzte in unterschiedlichen Positionen gibt es auf dieser Welt, die mit dem Werkzeug Mensch umgehen, als handele es sich um eine Maschine und nicht um ein mehr oder weniger vom Gefühl getriebenes Individuum? Wie viele Missverständnisse gibt es tagtäglich, weil wir uns nicht die Mühe geben wollen, uns in die Gefühle unseres Nächsten zu versetzen? Wohl tun wir es nicht, weil wir nicht annähernd die Erfahrung gemacht haben, um das Gleiche zu fühlen wie unser Nächster.

Nun zurück zu unserem Ausbildungslager der zukünftigen Führer der Weltelite, wenn sie es denn wirklich werden sollten. Dass es sich um so ein kurioses Unternehmen handeln sollte, war ja noch nicht bewiesen, sondern immer noch ein Gerücht. Womöglich handelte es sich um eine Zuchtanstalt für irgendwelche irregeführten Kinder von unverbesserlichen Kommunisten oder Kinder von irgendwelchen Neonazis, wer weiß? Womöglich gar von einer religiösen Gemeinde? Davon hatte ich auch schon gehört. So etwas gab es doch auf dem ganzen amerikanischen Kontinent. Bestimmt auch in Europa! Hier in Lateinamerika mit Sicherheit. Auf alle Fälle beobachtete ich den Abzug der Kinder, und gerade als wir uns wieder auf den Rückweg machen wollten, sah ich, wie auch einzelne Ausbilder in ziviler Kleidung auf dem Gelände herumliefen. »Aha, die Ratten verlassen das Schiff«, stellte Augusto in seiner trockenen Art fest. Man konnte die Erleichterung im Verhalten der Erwachsenen spüren, aber auch die Trauer der Kinder, die während des hiesigen Aufenthaltes Freunde geworden waren und nun voneinander Abschied nehmen mussten. Gespannt war ich schon darauf zu sehen, was sich dort in den nächsten Tagen tun würde. Sicher war wohl, dass die Ferien und damit der Aufenthalt hier zu Ende gingen. Damit unser Versteckspiel nicht allzu offensichtlich wurde, fischten Augusto und ich bei der Überfahrt über den See noch ein paar Fische, die wir dann bei Maria in der Lagerküche ablieferten. Somit schöpften auch unsere Begleiter keinen Verdacht. Armes Mädel, jetzt musste sie auch noch Fische putzen! Nur weil ich mich so neugierig in Dinge mischte, die mich im Grunde nichts angingen. Obwohl, als Capitao der Schutztruppe war es meine Pflicht zu wissen, was sich im ganzen Objekt ereignete. Sie tat mir leid, deshalb bat ich Augusto, einen Mann abzustellen, damit er die Fische ausnahm und sie küchenfertig machte. Zwei Tage später stellte ich fest, dass das Lager dort fast verwaist dalag. Nur ein paar wenige der Stammbelegschaft verharrten im Lager. Da es nicht viel Neues in dieser Zeit zu sehen gab, brachen Augusto und ich die Observation ab und gingen von nun an für die nächste Zeit unserer eigentlichen Aufgabe nach. Ich lebte nun schon mehr als sieben Monate auf der Fazenda »Lugar do Sol«, wie sie genannt wurde, als ich ins Haupthaus gerufen wurde. Auf der Hinfahrt machte ich mir Gedanken darüber, worum es wohl ginge, denn es war unüblich, irgendwelche Angestellte ins Heim der Familie Bauer zu bestellen. Da mir nichts einfallen wollte, worüber der Patron hätte erzürnt sein sollen, überließ ich das Denken den Pferden, da diese bekanntlich einen größeren Kopf als wir Menschen haben sollen. Nach einer halben Stunde Fahrt kam ich genau vor dem Hause an, wo mich der Hausherr im Garten vor dem Gebäude erwartete. Das war wohl übertrieben, denn er erwartete nicht mich, sondern pflückte seiner Frau einen Strauß Blumen. Als er mich kommen sah, tat er verwundert. »Was wollen Sie denn hier?«, fragte er in einem bärbeißigen Ton. »Hm«, machte ich. Dann sah ich ihn an und fragte ihn ungläubig: »Sie haben mich doch rufen lassen, oder etwa nicht?« »Ach, natürlich«, erinnerte er sich, »ich habe Post für Sie«, machte auf dem Absatz kehrt, verschwand durch die Eingangstür und ließ mich davor stehen. Geduldig wartete ich, bis er wieder draußen erschien. Dabei überlegte ich fieberhaft, wer wohl der Briefeschreiber war, konnte mir jedoch beim besten Willen keinen Reim darauf machen. Mit gleich zwei Briefen stand er auf der Treppe und winkte diese hin und her. »Da hat jemand an Sie gedacht, Herr Schreiber!«, rief er, bevor er die Stufen herunterkam und mir die beiden Umschläge aushändigte. Ich blickte kurz auf die Absender, und er wollte wissen, ob es sich bei dieser Frau Moraes Schneider um eine Geliebte handele. »Nein, nur eine Freundin meiner Mutter«, entgegnete ich, dankte ihm und verabschiedete mich, doch nicht, ohne einen Gruß für seine Gattin zu hinterlassen.

Nachricht aus der Heimat

Auf halber Wegstrecke zum Camp hin hielt ich den Jeep an und öffnete erst den dickeren Briefumschlag. Zu meinem Erstaunen enthielt er zwei Briefe. Einer davon steckte noch im Kuvert. Das andere war ein Begleitschreiben von Frau Schneider. Dieses öffnete ich zuerst. Sie sei sehr besorgt um mich. Der Grund der Sorge war das Auftauchen von Fremden, die nach mir gefragt hätten. Sie solle mir einen schönen Gruß ausrichten von einem Herrn da Costa. Dieser, so sagten die Herren, habe die Geduld mit mir endgültig verloren. Dass ich davongelaufen sei, habe die Sache sehr verschlimmert. Zum anderen habe sie den beigefügten Brief schon vor Tagen aus Deutschland erhalten. Sie wünsche mir von Herzen alles, alles Gute. Mit zittrigen Fingern riss ich das Kuvert aus Deutschland auf. Ein Brief von Brigitte, wie ich anhand der Schrift erkannte. Ich hatte Tränen in den Augen, als ich ihn las. Sie schrieb mir, wie traurig sie sei, schon so lange nichts von mir zu hören. Es tue ihr so leid, dass sie mir finanziell nicht helfen könne. Sie habe nicht mehr als den im Umschlag liegenden Betrag leihen können. Sie habe alles versucht, nur auf der Bank, dort sei sie nicht vorstellig geworden. Dazu müsste sie aber auch irgendeine Sicherheit vorweisen können. Doch was habe sie schon als Sicherheit zu bieten? Ihr Leben, doch dieses sei seit ihrem letzten Arztbesuch auch keinen Pfifferling mehr wert. Der Arzt habe festgestellt, dass sie einen bösartigen Tumor in einer der Nieren habe und diese so bald wie möglich entfernt werden müsse. Daher werde sie am 6. Januar ins Krankenhaus gehen und am nächsten Tag bereits unter das Messer kommen. Alles müsse sehr schnell gehen. Die Gefahr der Ausbreitung des Tumors auf andere Organe sei groß, so der Arzt. Sechster Januar, ach du Scheiße, das war vor mehr als einem halben Jahr, fuhr es mir durch den Kopf. Sie hätte sich so sehr gewünscht, dass ich an ihrer Bettkante säße, wenn sie wieder aus der Narkose erwachen würde. So schrieb sie weiter. Das zu hören tat weh. Ich war vor einem halben Jahr nicht bei ihr am Bettrand gesessen, als sie aus der Narkose erwachte. Ich hatte nicht einmal eine Ahnung, wie schlecht es um sie stand. Im Kuvert lagen fein säuberlich sechs Einhundert-DM-Scheine. Oh, Brigitte, von all den Frauen, die ich kannte, warst du der einzige Engel! Alle anderen Frauen waren nur gut für das Bett gewesen. Du, nur du warst meine große Liebe, und dies spüre ich jetzt. Ach, was war ich doch für ein Esel! Hatte das Glück in der Hand, doch es nicht erkannt. Ich saß in meinem Jeep und träumte vor mich hin. Ich sah Brigitte im Traum vor mir, wie sie vor mir stand und lächelte. Ich fühlte ihre samtene weiche Haut. Sah ihre kleinen Lachfalten um die Augen herum, die ihr ein so liebliches Aussehen verliehen. Ihre kleinen Brüste und den strammen Hintern. Sie hatte einen kleinen, winzigen Bauch, der mich gestört hatte und den ich aber just in diesem Moment liebte. Ihre festen Schenkel und Waden, mit denen ihre Füße fest auf dem Boden des Lebens standen. Was war das für eine Frau, der ich vor die Füße gefallen war, die mich hochhob, mich wieder zum Manne machte und der ich mit Undank davonlief und die ich in ihrer Trauer über diesen Verlust einfach sitzen ließ! Ja, für sie war ich damals schon ein Gewinn, aber sie für mich erst vom heutigen Tag an. Meine Gedanken flogen dorthin, wo ich doch eigentlich zu Hause war. Es war dunkel geworden, und die Nacht war hereingebrochen. Der Wachwechsel der Natur hatte sich vollzogen. Irgendwo da in der Finsternis musste ein Wasserloch sein, denn ich hörte das Quaken von Fröschen, die zur Paarung bereit waren. Das vielstimmige Orchester der Grillen hob an zur Nachtmusik, und aus der Ferne war das Wehklagen eines Kälbchens zu hören, das wohl gerade von einem Jaguar gerissen wurde. Hass, Liebe, Angst, Hunger, Durst, Tod. Mit diesen Worten wurde das Leben geschrieben. Ich schaute zu dem klaren, wolkenlosen Sternenhimmel hinauf, der unaufhörlich glitzerte und blinkte. Einer da oben hatte mir zugeblinzelt. Der da war jetzt Brigitte, und ich sah in ihm ihr Antlitz und sprach in Gedanken mit ihr. Ich bat sie um Entschuldigung und fühlte, wie ihre Hand sachte und verständnisvoll über meine Kopfhaare strich. Sie hatte mir verziehen, und ich versprach ihr meinerseits, nach Hause zu kommen. So schnell es ging. Ich warf ihr einen Handkuss zu, und sie fing ihn auf, dann warf sie auch mir einen Kuss zu, sie lächelte, und ihre Augen funkelten. Es war noch halbdunkel, ich saß immer noch in meinem Fahrzeug, war eingeschlafen. Die nächtliche Kälte weckte mich jetzt recht unsanft. Ein Blick auf meine Armbanduhr, und ich fuhr in die Höhe. Es war Zeit, die Heimreise anzutreten. Maria und die anderen machten sich bestimmt Sorgen. Hatte keine Jacke dabei, das hieß mit anderen Worten, ich musste frieren, bis ich zu Hause im Lager war. Ich fuhr langsam, damit der Fahrtwind mir nicht allzu viel anhaben konnte, dabei duckte ich mich noch ein wenig in den Schutz der Frontscheibe. Maria war ganz überrascht, als ich mit dem Geländewagen ankam. »Was war los mit dir?«, wollte sie wissen. »Ist etwas passiert?« Aus lauter Sorge um mich hatte sie meine Kameraden zusammengetrommelt, die zum Teil dort standen, und andere, die bereits in den Fahrzeugen saßen, bereit loszufahren, um mich zu suchen. Alle kamen jetzt auf mich zu und wollten wissen, was los gewesen war, wo ich die ganze Zeit geblieben sei, ob ich mich verfahren hätte und was noch alles. Ich erhob mich, stand aufrecht im Jeep, hob beide Hände, um die Masse der besorgten Freunde zu beruhigen und ihnen Antwort auf ihre quälenden Fragen zu geben. Als alle endlich still waren und bereit mir zuzuhorchen, sagte ich ihnen, dass ich einen neuen Stern am Himmel entdeckt hätte, der noch nie vorher gesehen worden war. Dieser hätte mir zugeblinzelt, bis ich, von ihm hypnotisiert, einschlief. Ein langgezogenes »Aaaah« war die Antwort, und alle schauten ihrerseits zum Himmel hinauf. Na ja, Sterne waren da keine mehr zu sehen. Diese waren weitergezogen und machten einem neuen Tag Platz. Betretenes Schweigen machte sich unter ihnen breit. Schade! Auch sie hätten gerne diesen seltenen Stern gesehen, doch nur ich hatte ihn sehen können. Enttäuscht gingen sie bis auf die Nachtwache ins Bett und suchten die restlichen Stunden zu schlafen. Maria schlang ihre Arme um meinen Hals, und ihre samtweichen Lippen suchten die meinen. Erleichtert war sie, ich konnte es förmlich spüren. »Komm«, hauchte sie, »ich bin müde!« »Ich auch.« Fest umklammerte sie meine Hand, als wir zu unserem kleinen Haus hinübergingen. Zwei Tage später hatte ich gekündigt, blieb aber noch zwei Monate, damit Herr Bauer die Möglichkeit hatte, einen entsprechenden Ersatz zu besorgen. Jetzt bekam ich Ameisen in den Hintern, wollte nichts wie weg und dann nach Hause zu Brigitte. Sie brauchte mich! Das gab ich auch als Kündigungsgrund an. Mit den sechshundert DM von Brigitte hatte ich selbst auch noch einen angesparten Anteil von zweitausendvierhundert US-Dollar. Das war gutes Geld. Aber bei einem Flug nach Deutschland ginge alles auf einmal drauf. Damit stünde ich so gut wie mittellos in Deutschland und müsste auf Brigittes Kosten leben. Das wollte ich auf keinen Fall tun. So nahm ich mir zwei Tage Urlaub und fuhr nach Campo Grande, der Hauptstadt des Staates Mato Grosso. Dort ging ich gleich nach Ankunft ins deutsche Konsulat und fragte, wie es aussehe mit einer Überfahrt auf einem Schiff nach Deutschland. Als Erstes guckten die mich mal ganz lustig an. Meine Frage erschien ihnen sehr witzig. Vereinzeltes Gekicher war zu hören. Unterdrücktes Prusten. Ein älterer Herr, der sich als Erster vom Lachkrampf erholt hatte, bat mich, doch mal etwas näher an seinen Schreibtisch zu kommen, und während ich ihm diesen Gefallen tat, nestelte er einen Schulatlas aus dem vierten Volksschuljahr aus der Schublade, schlug die Seite Brasilien auf, zeigte mit einem spitzen Bleistift auf einen Punkt und verkündete mir unseren augenblicklichen Standort. »Ja und?«, fragte ich ganz trocken. Dessen Gesichtsausdruck ließ nichts Gutes erahnen. »Ja, können Sie nicht oder wollen Sie nicht?« »Was soll ich nicht können und was bitte soll ich nicht wollen?« Der Mann drehte sich zur Hälfte in seinem Stuhl herum, ohne mich dabei aus den Augen zu lassen, und rief: »Herbert, hast 'nen Moment Zeit, musst mir helfen!« Klang nach einem Hilferuf. Hatte ich ihn mit meinem Anliegen überfordert? Dann kam so ein Hundertzwanzig-Kilo-Mensch auf uns zu und fragte: »Wo hängt's denn?« Dieser Mensch hatte einschüchternde Körpermaße. Doch wie alle korpulenten Menschen ein Gemüt wie ein Fleischerhund. Ich blieb also fürs Erste still, sagte nichts, sondern ließ den Angestellten mit seinem Kollegen reden. »Der Herr hier«, dabei deutete er auf mich, »möchte ein Schiff nach Deutschland besteigen und dies hier in Campo Grande.« Voller Mitleid schaute mich jetzt der Hundertzwanzig-Kilo-Mensch an. »Wie ich sehe, hat mein Kollege schon anhand der Landkarte versucht Ihnen zu zeigen, wo wir uns befinden.« Ich nickte. »Ja, das hat er, hätte es aber nicht gebraucht, denn ich weiß genau, wo Campo Grande liegt.« »Dann wird Ihnen auch nicht entgangen sein, dass wir hier keine Schiffe nach Deutschland vor der Haustür liegen haben«, bei den letzten Worten lachte er dämlich. Sollte wohl ein Witz gewesen sein. »Ganz ruhig, Benno«, sagte ich zu mir selbst. Daraufhin ließ ich eine kleine Pause vergehen und sagte: »Wollen wir das Ganze noch einmal in aller Ruhe besprechen?« So erklärte ich den Herren noch einmal, dass ich eine Möglichkeit suchte, um als arbeitender Passagier nach Deutschland zu kommen; da ich im Staate Mato Grosso wohnte, sei eben dieses Konsulat für mich zuständig. Ja, aber natürlich hatte ich recht, beeilte sich dieser Mensch mir zu versichern. Auch der Kollege nickte zustimmend und suchte unauffällig den Atlanten vom Tisch in die

Schublade zu befördern. Damit es keine weiteren Missverständnisse gab, fragte ich beide, ob sie mir möglichst
behilflich sein konnten und irgendeine deutsche Reede-
rei ausfindig machen könnten, die auf direktem Wege
Deutschland anfahren würde. Am besten aus einer Küs-
tenstadt.

»Ja«, meinte der Hundertzwanzig-Kilo-Mensch, »werde
sehen, was sich machen lässt.« Ich solle doch am nächsten
Tag wiederkommen, bis dahin, so versprach er, könnte
er mir sicherlich eine Auskunft geben. Ich verabredete
mich also mit den beiden Herren für den kommenden
Tag und suchte mir in dieser Stadt eine kostengünstige
Bleibe für die Nacht. Dieses Hotel, in dem ich da abge-
stiegen war, das merkte ich gleich, war eher ein Bordell,
aber es war günstig und somit für meine Bedürfnisse
gerade recht. Ich ließ meine Tasche auf dem Zimmer
und ging aus dem Hause, die Straße entlang zu einem
Restaurant, wo ich mir einen Tagesteller bestellte. Eine
Portion Reis, schwarze Bohnen, gefritteten Aipim, ein
Rindersteak und einen gemischten Salat, dazu ein kaltes
Bier. Das Essen war einfach, doch gut zubereitet. Zudem
war es auch noch billig. Gut gestärkt schlenderte ich
danach noch ein wenig durch die Gegend, und als ich
müde genug war, ging ich zurück in das Hotelzimmer.

Eine unerwartete Überraschung

Jemand war während meiner Abwesenheit im Zimmer gewesen. Ein kleines Stück Papier, das ich oben zwischen Tür und Rahmen geklemmt hatte, lag jetzt auf dem Flurboden. Womöglich war der Eindringling noch im Raum. Um ihn dabei zu überraschen, drückte ich die Türklinke herunter und stieß die Tür im selben Moment auf. »Hei, o que e porra?« Verärgert über die Störung klang die männliche Stimme, während sich ein weiblicher höchst überraschter Aufschrei daruntermischte. In meinem Bett lag ein Pärchen in eindeutiger Stellung und vergnügte sich. Während er sich alle Mühe gab, seine Blößen zu bedecken, spreizte sie ihre Schenkel umso mehr. Trotz des Einspruchs der beiden ging ich hinein und holte mir meine Tasche, die ich aufs Bett gestellt hatte und die jetzt auf dem Boden stand. Ich öffnete sie und schaute nach, ob irgendetwas fehlte, erst dann verließ ich das Zimmer. Ich stieg hinab und ging zur Rezeption, wo der schmuddelige Portier stand und mich verärgert auf sich zukommen sah. »Oh, ich dachte, Sie kommen nicht wieder«, druckste er herum. »Ja natürlich«, unterbrach ich ihn, »ich habe ein Zimmer für eine Nacht im Voraus bezahlt, meine Tasche darin abgestellt, den Schlüssel mitgenommen und dies alles, weil ich nicht mehr an dem Zimmer interessiert bin?« Ihm war klar, dass ich ihn dabei ertappt hatte, wie er noch schnell einige Cruzeiros nebenbei verdienen wollte. Hatte wohl nicht damit gerechnet, dass ich schon so früh aufs Zimmer zurückkommen würde. Damit hätte dieser Schmutzfink das eine Zimmer gleich zweimal vermietet. Da für eine Stunde nur, bei mir für den Rest. Zudem hätte ich auch noch in einem mit Sperma verseuchten Bett schlafen dürfen. »Entschuldigung, Sie bekommen natürlich sofort ein anderes Zimmer«, sagte eine Stimme aus dem Hintergrund. Ich drehte mich um und erkannte in einer älteren Frau die Besitzerin der Stimme. Sie war gerade aus dem Büro gekommen und hatte meine Reklamation vernommen. »Hast du gehört, Rodrigo?« »Ja, sofort«, versicherte der ertappte Betrüger unterwürfig, doch mit einem leichten Ton der Verärgerung. War wohl auch noch sauer, dieser Mistkerl. Dieses elende Dreckschwein! »Aber mit frischem Bettbezug«, wandte ich ein. »Jaja«, knurrte er und verschwand hinter einer Tür, aus der er gleich wieder mit frischer Bettwäsche unter dem Arm hervorkam. Im Vorbeigehen griff er nach einem anderen Zimmerschlüssel und stieg die Treppe hinauf. »Rodrigo, du kommst anschließend in mein Büro!« »Jaja«, gab er missmutig zur Antwort und stapfte wortlos die Treppen hinauf. Dieser Kerl war ein recht unverschämter Zeitgenosse. In keiner Weise einsichtig. Im Normalfalle bittet man den Gast höflich mitzukommen, doch das schien er nicht nötig zu haben. Ich folgte ihm daher aufs Geratewohl, gespannt, was daraus noch werden sollte. Er knallte, im Zimmer angekommen, die Wäsche aufs Bett und machte Anstalten zu gehen, als ich ihn darauf aufmerksam machte, dass er das Bett beziehen solle, und zwar sofort, da ich müde sei und zu schlafen gedächte. »Blöder Kuhhirte«, brummelte er in seinen nicht vorhandenen Bart, um nun noch missmutiger als vorher aufzutreten. Jetzt tat ich etwas, was ich nie wiederholen würde, aber es schien die einzige Möglichkeit, den Kerl auf Vordermann zu bringen. Ich stellte meine Tasche auf den Tisch, zog meine Waffe aus dem Holster und legte sie demonstrativ auf den Nachttisch. Eigentlich ist es nichts Ungewöhnliches, wenn ein Mann irgendwo auf dem Lande bewaffnet herumläuft, doch schien ihn meine Handlungsweise zu irritieren. Der auf dem Nachttisch liegende Revolver erzielte seine Wirkung, denn im Nu war das Bett sauber überzogen, und dieser Mistkerl von Portier wünschte mir beim Hinausgehen noch eine gute Nacht. Nach einem Duschbad ging ich zu Bett und schlief auch gleich darauf ein. Der zurückliegende Tag war eben recht anstrengend gewesen. Irgendwann erwachte ich durch ein Geräusch von der Tür her. Ein Glück war es, dass ich nie fest schlief, sondern bei jedem kleinsten Laut erwachte. So auch jetzt. Jemand war an meiner Tür und wollte diese öffnen. Wieder drückte der Eindringling auf die Türklinke, doch diese gab nur ein Stück nach und verklemmte sich dann an der Tischkante. Ich hatte mir doch schon gedacht, in der Nacht Besuch zu erhalten, und, um eine Überraschung zu vermeiden, den Tisch vor die Tür gestellt. Mich interessierte, wer da in mein Zimmer kommen wollte und dann auch noch unangemeldet zu dieser Uhrzeit. Mit zwei schnellen, leisen Schritten war ich an der Tür, zog den Tisch mit einer Hand zur Seite, in der anderen die Waffe, und dann sprang sie wie von selbst auf. Ich staunte nicht schlecht, als vor mir eine junge Frau stand mit fast nichts bekleidet. »Hoi«, säuselte sie, blinzelte mit ihren falschen Wimpern und bot mir ihre Liebesdienste an. War mir wohl als Wiedergutmachung geschickt worden. Ich lehnte dankend ab, doch die kleine Hure wollte einfach nicht verstehen, dass ich meine Ruhe brauchte. Mit diesen Zimmerbesuchen beehrte man besonders die allein reisenden Männer. Wohl immer mit sehr viel Zuspruch. Ich denke, der Nachtportier strich dabei einen gewissen Prozentsatz ein. Daher konnte die Dame nicht begreifen, dass es in meinem Falle anders sein sollte. Bis sie sich dann abwimmeln ließ, dauerte es eine geraume Zeit. Mein Desinteresse quittierte sie mit einem barschen »Viado«. Damit war ich für sie eben ein Schwuler, nur weil ich ihre Dienste nicht in Anspruch nehmen wollte. Eigentlich hatte ich es auch nicht nötig. War ich doch noch vor meiner Abreise hierher ganz innig von Maria geliebt worden. Da tat eine kleine Ruhepause nur gut! Der Tisch kam also wieder an seinen Platz, um mich vor ungebetenen Gästen zu warnen und mir den Rest einer ruhigen Nacht zu garantieren. Einigermaßen ausgeruht, trank ich am frühen Morgen in einem nahegelegenen Schnellimbiss einen Kaffee und fuhr anschließend mit dem Bus zum deutschen Konsulat. Der Hundertzwanzig-Kilo-Mann empfing mich nach einer halben Stunde Wartezeit in seinem Kabinett. »Leider habe ich keine allzu freudige Nachricht für Sie, Herr Schreiber, aber hören Sie mir erst einmal zu, was ich für Sie recherchiert habe.« Er blätterte in einem karierten Notizblock herum, riss dann eine der Seiten heraus und reichte mir dieses Blatt herüber, so dass ich mitlesen konnte, während er mit dem Kugelschreiber die Stellen markierte. Seinen Ausführungen nach bestünde für mich im Augenblick die beste Mitfahrgelegenheit von Ecuador oder von Kolumbien aus. Die Bananenfrachter fuhren mehrmals die Woche und immer direkt nach Europa. Zielhafen dort war fast immer Antwerpen. Von Antwerpen nach Mannheim war es dann nur noch ein Katzensprung, meinte dieser gewichtige Mensch. Bis Ecuador oder gar Kolumbien war es doch ein wenig mehr als nur ein Katzensprung, gab ich zu bedenken, worauf er mir ein Flugticket dorthin anbot. »Nein danke«, lehnte ich ab. Von Mato Grosso bis Ecuador gab es mehrere Möglichkeiten, doch dazwischen befanden sich zwischen fünf- und sechstausend Kilometer, die von mir zurückgelegt werden mussten. Ich wollte versuchen per Anhalter dorthin zu kommen. So wenig Geld wie möglich ausgeben. Wenn Brigitte bis jetzt auf mich gewartet hatte, konnte sie noch ein paar Tage länger warten. Was ich jedoch gleich tun wollte, war, ihr eine Nachricht zukommen zu lassen und ihr darin meine Rückkehr anzukündigen. Bevor ich zur Fazenda »Lugar no Sol« zurückfuhr, ging ich zur Hauptpost und schickte gleich eine entsprechende Nachricht ab. Jetzt blieb mir nur noch die mit Herrn Bauer vereinbarte Frist durchzustehen. Danach konnte es losgehen. Zurück in die Heimat! Hm, komisch. Jetzt sah ich Deutschland als meine Heimat an. Eigentlich war dies verständlich, denn immerhin hatte ich doch die meiste Zeit meines Lebens dort verbracht. Dort viele Freunde gefunden, Menschen, auf deren Wiedersehen ich mich jetzt schon freute. Auch wenn ich nicht mehr der gleiche Benno war, den sie gekannt hatten, so glaubte ich, würden sie mich wieder unter sich aufnehmen. Im Laufe der nächsten Jahre dort, mit einer geregelten Arbeit, einem Zuhause und einer Frau an der Seite wie Brigitte würde ich wieder Fuß fassen können. Doch eines, darüber machte ich mir keinerlei falsche Illusionen, eines würde ich nie wieder sein können. Nie wieder würde ich ein fröhlicher Mensch sein können, so wie ich es einmal gewesen war. Wie hatte ich so herzhaft lachen können, wenn ich einen Film sah mit Charlie Chaplin, Buster Keaton, Dick und Doof oder Jerry Lewis? Tränen waren mir über das Gesicht gelaufen, und mir war die Puste weggeblieben bei solchen Lachattacken. Das Leben kann ganz schön hässlich sein. Meine Zeit auf der Fazenda der Bauers verlängerte sich noch um mehr als einen Monat über die geplante Dauer meines Aufenthaltes. Das geheime Lager inmitten der Fazenda blieb weiterhin in dichtem Nebel verhüllt. Die Aussagen von Marias Freund konnten aber zutreffend sein. Überall in Lateinamerika hatte es zu der damaligen Zeit Militärdiktaturen gegeben. In dieser Zeit war es üblich, verdächtige Menschen zu foltern. Hierfür suchte man sich immer irgendwelche weit abgelegenen Unterschlüpfe. Also war es möglich, dass es sich hier auf der Bauer'schen Fazenda ebenfalls um einen solchen Unterschlupf handelte. Für mich blieb keine Zeit mehr, um dieser Sache auf den Grund zu gehen. Dann war es so weit. Mein Nachfolger ließ die Schutztruppe mir zu Ehren antreten, und ich wurde mit einem lauten »Urra, Urra, Urra!« von ihnen verabschiedet. Auch die Bauers waren gekommen und drückten mir die Hand. Der alte Henrique Bauer zeigte sich recht spendabel, denn er drückte mir ein Kuvert in die Hand mit der Aufforderung, es erst später zu öffnen. Es lagen zwei Monatsgehälter darin, wie ich später dann feststellte. Der alte Bauer dankte mir für meinen Einsatz und für die Mühe, die ich mir gegeben hatte, um meinen

Nachfolger genauestens einzuweisen. Jetzt hieß es Abschied nehmen von den Freunden, Kollegen und Kameraden. Als Letzte war Maria übrig geblieben, von der ich Abschied nehmen musste. Wie eine kleine Katze war sie die Tage um mich herumgeschnurrt. Der Abschied von Maria fiel mir schwer, war sie doch im Laufe der zurückliegenden Monate eine Art Lebensgefährtin auf Zeit geworden. Hatten wir doch wie Mann und Frau unter ein und demselben Dach gelebt. Eine schöne Nacht war es, und als sie noch schlief, ging ich aus dem Hause. Augusto und Otto warteten trotz der frühen Morgenstunde an der Garage auf mich. Eine letzte Umarmung und Schulterklopfen, dann fuhren Augusto und ich davon, während Otto dort am Halleneingang stehen blieb und uns nachschaute. Am Busbahnhof verabschiedete ich mich von meinem Kameraden Augusto, der in der zurückliegenden Zeit zu einem richtigen Freund und Gefährten geworden war. »Willst du es dir nicht noch einmal überlegen?«, fragte er, als mein Bus, eine Staubwolke hinter sich herziehend, am Horizont erschien. »Noch hast du die Möglichkeit, dich anders zu entscheiden.« Doch ich blieb bei meiner Entscheidung. »Sag Maria einen Gruß von mir, ich wollte sie nicht wecken, denn so war es leichter, voneinander Abschied zu nehmen.« Augusto nickte verständnisvoll. Dann war es so weit.

Adios, Mato Grosso – Adios, Brasil

Ich stieg in den wartenden Überlandbus, der mich nach Corumba brachte. Von dort aus lief ich zu Fuß weiter. Meine ganzen Habseligkeiten hatte ich auf das Mindeste reduziert und in einen Rucksack verpackt. Ich überquerte die Grenze zu Bolivien und hielt mich in Richtung Trinidad. Die Straße, auf der ich mich befand, zählte nicht zur ersten Kategorie. Eine mit Bulldozern ausgeschobene Erdstraße. Dort zu wandern war eine recht staubige Angelegenheit. Jedes Mal, wenn sich mir ein Fahrzeug näherte, gab ich das international bekannte Zeichen mit dem erhobenen Daumen. Auf dieser Piste verkehrten nur wenige Fahrzeuge, was meine Enttäuschung umso größer werden ließ, wenn eine Mitfahrgelegenheit an mir vorbeibrauste und ich nur deren aufgewirbelten Staub zu fressen bekam. Es war schon recht spät an diesem ersten Nachmittag, als der Fahrer eines Kleinlasters neben mir anhielt. »Wo soll es denn hingehen?«, wollte der Fahrer wissen. »Santa Cruz«, gab ich zur Antwort. »Gut, leg das Gepäck auf die Ladefläche und steig ein«, forderte mich der Mann hinter dem Lenkrad auf, und nachdem ich Platz genommen hatte, brauste er auch schon los. Sein Ziel sei eigentlich Cochabamba, erzählte er mir, und er sei froh, nicht allein reisen zu müssen. Diese weiten Fahrten über Land machten müde, und so fielen wir in ein lang andauerndes Gespräch, und letztendlich hatte ich mir eine Mitfahrgelegenheit bis eben Cochabamba gesichert. Das machte Mut. Für den ersten Tag hatte ich recht viel Glück gehabt, auch wenn es lange nicht danach aussah. Von Cochabamba aus sollte ich schauen, dass ich nach Arica käme, denn von dort aus könnte ich die Nationalstraße Nummer eins benutzen. Diese Straße ist besser unter dem Namen Panamericana bekannt und zieht sich vom Süden Chiles bis nach Alaska hoch immer an der Pazifikküste entlang. Bis zum Zielort waren es noch etwas mehr als achthundert Kilometer. Es war die ganze Fahrt über zu einer aufschlussreichen und netten Unterhaltung gekommen, wobei wir uns nähergekommen waren. So erfuhr ich einiges aus der Heimatregion meines Gastgebers, auch über seinen Beruf als Ingenieur für Turbinen. Hierzu hatte er sich drüben in Brasilien aufgehalten, von wo er gerade gekommen war und nun nach Hause fuhr, um einige Tage Urlaub zu machen. Er sei sehr stolz, denn seine Frau habe in seiner Abwesenheit einem gesunden Jungen das Leben geschenkt, und nun wolle er sich seinen Spross persönlich in Augenschein nehmen. Ich beglückwünschte ihn. Wenn wir nach Cochabamba kämen, müsste ich unbedingt seinen Erstgeborenen sehen. Das war um zwanzig Uhr. Eine Stunde später lud er mich ein, bis zur Taufe des Jungen Gast in seinem Hause zu sein. Noch eine Stunde später dann stand für ihn fest, wer der Patenonkel seines Erstgeborenen sein sollte. Gegen Mitternacht hielten wir an einer Art Rasthaus an, und der Mann eröffnete mir, er wolle bis zum Morgen versuchen zu schlafen. Ich, so meinte er, könne ja die Nacht der Kälte wegen unter der Plane Schutz suchen. Zum Glück hatte ich einen Poncho dabei, in den ich mich hüllte, um dann, auf der Plane liegend, einigermaßen geschützt einschlafen zu können. Dort standen mehrere Lastwagen, und in dem Rasthaus brannte trotz der späten Stunde noch Licht. Zwei Damen aus dem horizontalen Gewerbe bemühten sich um einige männliche Gäste. Augenscheinlich geduldet von dem Kneipenbesitzer, versuchten diese Mädchen den Umsatz zu steigern und sich einen Anteil des Umsatzes zu sichern. Bevor wir uns hinlegten, gingen wir beide hinein und tranken gemeinsam eine Flasche Bier, und als wir an einem kleinen Metalltisch Platz genommen hatten, kam eines der Mädchen auch schon an unseren Tisch, doch winkte ich ab, bevor sie uns ansprechen und sich mir nichts, dir nichts selbst einladen konnte. Ich nutzte die anschließende Zeit des Aufenthaltes und ging auf die Toilette. Danach legten wir beide uns zum Schlafen in beziehungsweise auf das Fahrzeug. Da zwischen den Fahrzeugen ein Mann mit einer Flinte herumlief, konnte ich beruhigt meine Augen schließen. Er würde schon darauf achtgeben, dass ich in dieser Nacht kein Opfer eines Diebes werden würde. Später dann nahm ich wahr, wie die beiden Mädchen von Lastwagen zu Lastwagen gingen und ihre Dienste anboten. Der eine oder andere der angesprochenen Kapitäne der Landstraße nutzte den angebotenen Service. Somit verdienten sich die Bordsteinschwalben noch einige Pesos hinzu. Es interessierte mich nicht sonderlich, daher schlief ich wieder ein, um endgültig gegen Morgen aufzuwachen. Der junge Vater lag noch eingezwängt im Führerhaus und träumte wohl von dem bald anstehenden Windelwechseln bei seinem Wonneproppen. Ich ging hinüber in die Raststätte, trank einen Cortado, nutzte danach die Gelegenheit, um meine Zähne zu putzen und um mich zu rasieren. Wenn mich mein neuer Freund wirklich zu sich nach Hause einladen würde, könnte ich bei diesem ein herzhaft erfrischendes Bad nehmen. Die Badegelegenheiten hier in der Raststätte sahen nicht gerade gepflegt aus. Daher schob ich dieses Vorhaben auf. Die Nasszellen wurden meist von den Fahrern benutzt, und die waren nicht gerade zimperlich, was das Reinigen der Anlage nach ausgiebiger Benutzung anging. Da der Abfluss voller Haare war, würde ich ganz bestimmt ein Fußbad nehmen mit der Gefahr, auch noch von Fußpilz befallen zu werden. Nein danke, das wollte ich mir ersparen! Also ging ich zurück zum Kleinlastwagen, in dem sich der stolze Vater gerade erhob und sich das Sandmännchen aus den Augen rieb. Dann verdrehte er die Glupscher, hielt sich seinen knurrenden Bauch und hatte es auf einmal sehr eilig. Nach einem hastigen »Guten Morgen!« rannte er an mir vorbei, dorthin, wo sich die Toiletten befanden. Fast eine halbe Stunde später fuhr er sichtlich erleichtert mit mir vom Platz auf die Erdpiste hinaus Richtung Santa Cruz und dann weiter nach Cochabamba. Es war bereits fortgeschrittener Nachmittag, als wir endlich dort ankamen. Während der Fahrt kam bei der Fortsetzung der Erzählung heraus, dass sich die glückliche Mutter ja noch im Krankenhaus befand und ich den Sohn gar nicht in Augenschein nehmen konnte. Um ehrlich zu sein, war ich nicht besonders traurig, diese Änderung unserer Pläne vom Vortag zu erfahren. So bestand ich darauf, meine Reise unverzüglich fortzusetzen, während er seine kleine Familie im Krankenhaus besuchte. »Jaa ... aber«, kam der Einwand, wie solle das nun mit dem Taufpaten werden? Gut, das war eine berechtigte Frage, über die es sich allemal lohnte nachzudenken. Das Argument dann, ich hätte noch einen weiten Weg vor mir und womöglich fände sich ja im Familienkreis eine Person, die geeigneter wäre, diese Auszeichnung zu erhalten, wirkte. Er brachte mich noch zur Überlandstraße, die nach Iquique, in Chile gelegen, führte. »Immer auf der Numero uno bleiben!«, schärfte er mir ein. Diese führt am Ende nach Ecuador. Überschwänglich fiel der Abschied aus. Eigentlich hatten wir uns erst gestern kennengelernt, und doch war dieser so herzlich, als wären wir schon über Jahre Weggefährten gewesen. Lange schaute ich ihm noch nach, als er davonfuhr, dann setzte ich mich in Bewegung Richtung Oruro. Eine Strecke von etwa hundert Kilometern, von dort aus noch mal dreihundert Kilometer durch das Altiplano zum Grenzübergang Salar de Uyuni. Als ich nach vier Tagen an eine Wegegabelung kam, die auf der einen Seite nach Oruro und auf der anderen Seite Richtung La Paz führte, entschied ich mich für Letztere. Auf dem Weg dorthin verläuft die Andenbahn über die Hauptstadt und dann bis nach Cusco am Titicacasee vorbei. Mit der Bahn standen mir mehrere Möglichkeiten des Vorwärtskommens offen. Da sich die Kosten einer solchen Fahrt im Rahmen hielten und es ein kleines Abenteuer darstellte, wählte ich die Reiseroute am Titicacasee vorbei, mit Umsteige in Juliaca weiter nach Arequipa. So kam ich auch drum herum, zwei Grenzen zu überschreiten. Nur in Tapena musste ich die Grenzformalitäten über mich ergehen lassen. Zwischen Oruro und La Paz kam es mehrfach zu gezwungenen Aufenthalten, da vereinzelte Bergrutsche und Sandverwehungen die Linie unterbrochen hatten.

Parallel verlief die Straße, und so mussten alle Passagiere auf Busse umsteigen. Ganz schlecht war es dann, wenn beide Strecken unterbrochen waren. In dieser Beziehung, konnte ich feststellen, waren die Streckenräumkommandos in Chile und in Peru sehr effizient. Doch blieb mir so eine oft stundenlange Wartezeit nicht erspart. Dort hat man es nicht eilig. Man nimmt es gelassen hin. Während die Mitreisenden ausstiegen, um sich die Beine zu vertreten, machte ich es mir auf den frei gewordenen Sitzplätzen bequem. Na ja, so gut es eben ging, denn in dem Gefährt wurde es bald so heiß wie in einem Backofen. Daher lag ich still und vermied jede Bewegung. Obwohl man außerhalb des Busses der prallen Sonne ausgesetzt war, strich doch immer ein kühlender Wind über die Höhen und sorgte so für Erfrischung. Am Titicacasee angekommen, stieg ich in Puno aus und nahm mir in der neu gebauten Rodoviaria ein Hotelzimmer. Ich musste mich von den zurückliegenden Strapazen erholen und für die Weiterreise regenerieren. Es gab keinen Zimmerservice. Verpflegen musste man sich auf eigene Rechnung. Dafür gab es mehrere kleine Imbissstände und Cafés. In einem dieser traf ich Maria. Sie saß an einem dieser kleinen Bistrotische direkt am Fenster und hatte die schönste Aussicht über einen Teil der Stadt und den dahinterliegenden Hafen. Weiter in nördlicher Richtung konnte man durch Starts und Landeanflüge einen Flugplatz ausmachen. Ich fragte die gute Dame, ob ich mich zu ihr setzen dürfe, um ein wenig von dem schönen Ausblick zu genießen, und so kamen wir in ein nettes Gespräch. Die Bedienung kam und brachte mir den gewünschten Kaffee mit viel Milch. Als ich Maria ebenfalls einladen wollte, erklärte sie mir, dass sie zwar Zahnärztin sei, aber nebenher auch dieses kleine Café betreibe. Sie war ein sehr sympathisches Geschöpf, und die vier Tage, die ich dort wohnte, verbrachten wir so gut wie gemeinsam. Zum Abschluss musste ich ihr versprechen, so bald wie möglich wiederzukommen. Dann ging es weiter mit dem Zug nach Juliaca, dort musste ich umsteigen und die nächsten hundertzwanzig Kilometer bis Arequiba fahren. Danach kam ich auf der Ladung eines LKW sitzend an die Küste des Pazifischen Ozeans. Es war ein überwältigendes Gefühl! Von hier aus waren es noch ungefähr zweitausendfünfhundert Kilometer bis Guayaquil, wo mein Zielhafen liegen sollte. Von dort aus sollten, so dieser Herbert vom Konsulat, jede Woche mehrere Schiffe nach Europa ablegen. Wenn, so hatte er versichert, ich erst einmal dort sein sollte, wäre es schon, als stünde ich mit den Füßen auf Heimaterde. Da war ich aber mal gespannt. Bis nach Atico nahm mich der LKW-Fahrer mit. Dort bog er von der Nr. 1 ab und fuhr Richtung Caraveli. Es gab Tage, da hatte ich Glück und konnte per Anhalter hundert Kilometer an einem Stück vorwärtskommen. An anderen Tage, da war es wie verhext. Niemand hielt an. Da blieb mir nichts anderes übrig, als Kilometer zu fressen. Zwischen zwanzig und dreißig Kilometer war mein Tagesschnitt. Um so wenig Geld wie möglich zu verbrauchen, kaufte ich mir meine Verpflegung im Supermarkt ein, wenn vorhanden. Was ich mir an Essbarem unterwegs besorgen konnte, wurde besorgt. In der Nähe von Ortschaften gab es immer Obstanpflanzungen. Aber auch Gemüsebeete. Also Hunger musste ich bis fast am Ende meiner Reise nicht leiden. Nur der Durst, der sollte mir noch einen üblen Scherz bereiten. Zu Fuß ging ich nur in den frühen Vormittags- und in den späten Abendstunden. In der Zeit, in der die Sonne am höchsten Punkt, dem Zenit, stand, suchte ich mir ein schattiges Plätzchen und ruhte mich aus. Die Zeit, die ich in der Wüste Atacama unterwegs war, ging ich beizeiten schon vom Asphalt weg, immer etwa hundertfünfzig Meter in die Wüste hinein, suchte eine Vertiefung im Sand und legte mich mit meinem Poncho und einer Plastikplane bedeckt nieder. Schon bald sank ich in den wohlverdienten Schlaf. Aber schon um drei Uhr in der Frühe war es mir so bitterkalt, dass ich zitternd aufstand und, um meine müden Knochen zu erwärmen, um meinen Schlafplatz herumlief. Danach nahm ich mein Gepäck auf und marschierte los. Die ersten zwei Stunden musste ich mich bewegen, um nicht wieder zu frieren. Dann gegen fünf Uhr morgens kam die Sonne am Horizont herauf, und schon wurde es mir warm. Oft verbrachte ich die Nächte an einer der unzähligen Mautstellen oder in der Nähe einer Polizeistation, wenn vorhanden. Oder an einer Tankstelle. Ein anderes Mal schlief ich auf einem Tisch. Eine Planke, auf vier in den Boden gestampfte Rundhölzer genagelt. Die beiden seitlich des Tisches stehenden Sitzbänke waren auf die gleiche Weise gezimmert worden. Der Wirt und seine Familie lebten in einem Zelt. Deren Speiselokal war aus Ästen und drei Plastikplanen hergerichtet worden. Die sanitären Anlagen fehlten ganz. Dazu musste man in das dahinterliegende Maisfeld gehen. Das war die bisher urigste Kneipe, in der ich gegessen habe. Die Küche bestand aus einer Art Lagerfeuer, und der

Kochtopf hatte wohl schon über Jahre kein Spülmittel mehr gesehen. So schwarz war er. Während die Familie am frühen Morgen noch schlief und ich mir Gedanken machte, ob ich meinem knurrenden Magen zuliebe es doch wagen sollte, ins Maisfeld zu gehen, kochte der Chef das Tagesmenü. Aus Schweinebauch geschnittene, etwa sieben auf sieben Zentimeter große Würfel. Mit etwas Wasser und Salz kochte das Ganze zuerst und brutzelte dann in dem auslaufenden Fett. Bei dem Anblick drehte sich mir der Magen um, und ich ließ alle Überlegungen hinter mir. Das Einzige, worauf ich doch bedacht war, in keinen Haufen eines meiner Vorgänger zu treten. Wenn schon Scheiße stinkt, aber Menschenkacke hat eine ganz besondere Duftnote, da ist die Ausdünstung eines Stinktieres ein wahrer Balsam dagegen. Ich lief fast eine Meile weit, bis ich an eine Zone kam, die das freie Atmen zuließ. Ich muss zugeben, würde ich mein Toilettenpapier nicht so gewissenhaft und oft auf verschiedenste Weise benutzen, ich wäre in diesem Augenblick ganz schön aufgeschmissen gewesen. Wer sich schon einmal den Hintern mit Maisblättern abgeputzt hat, weiß, was ich meine. Die letzten fünf Blatt waren davor noch als Tempo im Gebrauch gewesen. Wofür sie mir jetzt dienten? Bestimmt nicht als Serviette, um mir den Mund abzuputzen. Als ich erleichtert aus dem Maisfeld zurückkam, hatte der Chefkoch sein Fleisch im eigenen Fett gegart. »Sei so gut und hilf mir mal das Fett abzugießen!« Hilfsbereit, wie ich nun mal bin, legte ich mit dem guten Mann Hand an. Beim Abgießen fielen einige Brocken aus dem Topf, aber da wurde nicht viel Federlesen gemacht. Eingesammelt, gesellten sie sich zu den anderen hinzu und hatten jetzt ihre ganz persönliche Würznote erhalten. Ein wenig feiner Sand ist immer gut für die Säuberung des Gedärms. Fast so unentbehrlich wie das Öl für die Schmierung eines Motors. Als es Mittag wurde, kam auch schon der erste hungrige LKW-Fahrer des Weges daher und stürzte sich auf die üppige Fleischportion. Während der gute Mann schmatzte und am Ende gar rülpste, unterhielt ich mich mit ihm über eine eventuelle Möglichkeit, ihn zu begleiten. Er sah, dass ich nicht aß, glaubte wohl, ich hätte nicht das Geld, um mir so etwas Herrliches zu leisten, und schob mir den Teller herüber. Dankend lehnte ich seine Einladung zum Festschmaus ab. »Greif zu!« Sein Angebot war ehrlich gemeint, doch dankte ich ihm ein zweites Mal und schob ihm den Teller wieder zu. Ungläubig schaute er mich an, zog den Teller wieder hastig zu sich heran, froh, dass ich abgelehnt hatte, und schob auch noch die letzten Stücke in seinen vor Fett triefenden Mund. Fleisch und altes verrunzeltes Weißbrot. Doch eines gab es wirklich. Man höre und staune! Es gab wirklich eiskaltes Bier. In der Ecke, die sich am nächsten zu ihrem Wohnzelt befand, stand eine Plastikwanne, mit Eiswürfeln, Bier und Erfrischungsgetränken gefüllt. Nachdem der Gast gegessen hatte und einen stinkenden Pups hatte fahren lassen, lud ich ihn zu einer Flasche Bier ein. Ja, er könne ganz gut jemanden gebrauchen, der oben auf der Ladefläche säße und aufpasste, dass sich niemand an der Ladung vergreift. Es sei halt etwas unangenehm dort oben, aber wenn eine Mitfahrgelegenheit, dann nur da oben. »Ja, ja«, beeilte ich mich ihm zu versichern, dass ich bereit war, auch da droben mitzufahren. Gut, bis Lima, so versicherte er, könne er mich auf alle Fälle mitnehmen, ja bis Callao, das lag etwa fünfzehn Kilometer nördlich von Lima. Also ein ganzes Stück. Von Nazca nach Callao, das waren mehr als fünfhundert Kilometer. Eine Zeitersparnis von mehr als zwanzig Tagen, die ich sonst hätte einplanen müssen. Ich war froh, denn so kam ich um fast einen Monat früher nach Hause zu Brigitte. Mit diesem Gedanken machte ich es mir dort droben auf der Ladefläche gemütlich, und schon startete er den Motor, und ab ging die Post. Wie ein Badetourist lag ich da oben, ausgestreckt auf der Segeltuchplane, und ließ mir die warmen Sonnenstrahlen auf den Bauch scheinen. Der Fahrtwind gestaltete das Sonnenbad zu einer recht angenehmen Sache. Von mir aus hätte die Fahrt so weitergehen können. Doch zwischen Ica und Pisco tat es einen lauten Knall, und eine Staubwolke schoss gen Himmel. Zum Glück hatte sich niemand seitlich des Fahrzeuges aufgehalten und Sand und Steinchen abbekommen, die wie Geschosse davongeflogen waren. Der Fahrer steuerte auf den Straßenrand zu, hielt das Fahrzeug an und hängte den Kopf zum Seitenfenster heraus. »Was war denn das?« Er war überrascht, als ich ihm mitteilte, er habe einen platten Hinterreifen. »Mierda!«, schrie er wutentbrannt und stürzte aus dem Führerhaus. Mit zwei Sätzen war ich bei ihm. Gemeinsam gingen wir nach hinten, um uns den Schaden anzusehen. Jawohl, wie ich befürchtet hatte, war der rechte, äußere Zwillingsreifen geplatzt. Stumm und verzweifelt zugleich schaute sich der Mann den Schaden an. »Hast du Bordwerkzeug und einen Reservereifen dabei?«, wollte ich von ihm wissen. Verärgert schüttelte er den Kopf und wies dorthin, wo normalerweise das Ersatzrad hing. Das Werkzeug? Es lag zu Hause, und der Reservereifen war defekt. Er hatte noch kein Geld gehabt, um diesen flicken zu lassen, erklärte er mir kleinlaut. Was also tun? Gemeinsam überlegten wir. Die Ladung war nicht schwer, nur zweieinhalb Tonnen. Man hätte zur Not auf der einen Seite mit einem Reifen weiterfahren können, doch musste der defekte Reifen herunter, sonst lief der gute Mann Gefahr, auch noch den anderen Reifen zu beschädigen. Aber wie den Reifen runtermachen ohne entsprechendes Werkzeug? Obendrein war es fraglich, ob wir die Muttern geöffnet bekommen hätten, wäre ein Radkreuz vorhanden gewesen. Ohne Verlängerung sah ich da keinerlei Erfolg. Also blieb uns nichts weiter übrig, als unsere Fahrt langsam fortzusetzen und in Pisco eine Werkstatt aufzusuchen, damit dort der defekte Reifen repariert werden konnte. Gesagt, getan! Langsam zottelten wir dahin. Am Stadtrand von Pisco angekommen, fragten wir nach einer entsprechenden Werkstatt. Ja, es gab eine, doch die war im Ostteil der Stadt gelegen, in Richtung Ayacucho. Von Pisco bis zu unserem eigentlichen Zielort waren es noch gute dreihundert Kilometer. Der Reifenwechsel und die Instandsetzung konnten mehrere Stunden in Anspruch nehmen, ja wenn der andere Reifen geflickt werden musste, gar bis zum nächsten Tag. Das war mir zu viel verlorene Zeit! Also trennten wir uns hier, und ich versuchte alleine vorwärtszukommen, immer auf der Nr. 1. Sollte ich trotz allem keine Mitfahrgelegenheit erhalten, würden wir uns wiedersehen. Abgemacht! Er fuhr in die Werkstatt, und ich ging zu Fuß weiter. Wir haben uns nicht wiedergesehen.

Während der vielen Tausend Kilometer auf meinem
Südamerikatrip bin ich wohl insgesamt einige Hundert
Kilometer rückwärts marschiert. Immer den rückwärti-
gen Verkehr im Auge, sofort bereit, den international
bekannten Daumen zu heben. Viele hielten an und nahmen mich auch mit. Für jeden gefahrenen Kilometer war
ich dankbar. Die meisten der Fahrer jedoch übersahen
mich schlichtweg. Hatten wohl Angst, ausgeraubt zu
werden oder noch Schlimmeres erleben zu müssen. Immer und überall begleitete mich die Warnung vor der
Gefahr, in die ich mich begab. Daher hatte ich auch
Verständnis für das Verhalten vieler, die einfach an mir
vorbeifuhren. Ich blieb immer wachsam und riskierte
nicht allzu viel. Immer, wenn ich schlief, hatte ich den
Dolch in der Faust unter dem Poncho auf meiner Brust
liegen, sofort bereit, ihn zu benutzen. Mit mehreren kurzen Fahrgemeinschaften kam ich dann nach Tagen endlich in Lima an. Am Steuer des Wagens hatte eine Frau
gesessen. Eine seltene Ausnahme! Sie sah sehr attraktiv
aus, hatte darüber hinaus auch noch ein sehr freundli-
ches Wesen. Geschmackvolle Kleidung und nicht ein
wenig ängstlich. Wir unterhielten uns recht nett. Diese
Frau war nicht nur hübsch, sondern auch noch gebildet,
ohne dabei arrogant zu sein. Sie setzte mich an einer
Tankstelle in der Nähe der Nr. 1 gegen 21 Uhr ab. Ihre
Wohnung lag ganz in der Nähe. Doch so wie ich aussah,
war es kein Wunder, dass sie mich nicht zu sich nach
Hause einlud. Zu einem anderen Zeitpunkt hätte ich
mir die Gelegenheit nicht nehmen lassen, sie anzuma-
chen. Doch war ich zu müde, und obendrein war ich mir
selbst zuwider. »Tschau, auf Wiedersehen!«, dann schaute

ich den runden Rücklichtern nach, die mich an die runden, wohlgeformten Brüste dieser Frau denken ließen. Der Betrieb an den dortigen Zapfsäulen war recht lebhaft, doch trotzdem wollte ich hier über Nacht bleiben und fragte somit den Besitzer, ob ich mich draußen vor dem Tankstellengebäude in eine Ecke zum Schlafen niederlegen dürfe. Nach einer kurzen Unterhaltung, in der er einige Fragen stellte und ich diese nach dem Woher und Wohin beantwortete, hatte ich seine Genehmigung, gar auf einer Bank zu schlafen. »Buenas noches!« Am nächsten Morgen machte ich mich schon sehr früh auf den Weg. Die Nacht war sehr turbulent gewesen. Von einem erholsamen Schlaf konnte keine Rede sein. Ich fühlte mich wie gerädert. Es ging zu Fuß durch Lima hindurch, an der Plaza de Armas vorbei, dann aus dem Zentrum hinaus und immer weiter nach Norden. Ich ging auf einer Parallelstraße zur Nr. 1, da diese für Fußgängerverkehr teilweise nicht vorgesehen war. Die Fahrbahn war tiefer gelegt, und bei jeder Auffahrt musste ich höllisch aufpassen, wenn ich, um geradeaus zu gehen, diese überqueren musste. Im Stadtbereich war die Nr. 1 als Schnellstraße eingerichtet worden. Immer wieder gab es Auf- und Abfahrten. Gegen Mittag kaufte ich mir bei einem Straßenhändler eine Tüte voller Orangen, setzte mich auf eine Bank gegenüber einer Kaserne und aß dort meinen Proviant, argwöhnisch beobachtet von einem Wachsoldaten. Bevor er jedoch auf den Gedanken kommen konnte, in mir einen Saboteur zu sehen und mich festnehmen zu lassen, verließ ich den Platz, als ich die Orangen gegessen hatte. Bis zum Abend marschierte ich stramm weiter und kam dann in die Nähe eines favelaähnlichen Stadtbezirks. Da es bereits dunkel wurde, fragte ich eine Frau, die gerade dabei war, ihren Verkaufsstand zu öffnen, ob ich hier irgendwo schlafen könne. Es handelte sich hier um eine kleine Art von Zeltstadt. Eine Bar neben der anderen. Wie die Reeperbahn auf Sankt Pauli, nur eben auf Peruanisch. Sie schaute sich ein wenig hilflos um. Es war wohl nicht an der Tagesordnung, dass da jemand kam und nach einem Schlafplatz fragte. Irgendeine Ecke wäre schon in Ordnung, meinte ich, um sie aus der Verlegenheit zu retten. Eine junge, etwas dralle Mitarbeiterin mit dem typischen Indiogesicht schaute lachend zu mir her, formte mit den Händen ein Dreieck um ihre Muschi herum und fragte, in welchem Eck von den dreien ich am liebsten liegen würde. Die anwesenden Frauen und Männer brachen in ein lautes Gegröle aus, während meine Antwort darin unterging. Einer der Männer kam dann auf mich zu, nahm mich am Arm und wies mir einen Platz zu. »Hier kannst du ruhig schlafen, wir passen alle auf dich auf, auch dass die Esmeralda dir nichts tut.« Bei den letzten Worten brach die ganze Mannschaft wieder in ein neuerliches Gegröle aus. Die einen kicherten, die anderen prusteten, nur Esmeralda hielt sich zurück und wartete, bis sich alle wieder gefangen hatten, dann meinte sie keck: »Glaub nicht daran, Gringo! Wenn ich mit einem Mann ins Bett steigen will, dann halten mich keine zehn Pferde davon ab.« »Pass auf, dass Diego dies nicht hört«, erklang eine Frauenstimme aus dem Hintergrund lachend, und doch war der warnende Ton nicht zu überhören. »Diego weiß, wie heiß ich bin, deswegen liebt er mich doch auch!« Dieser Diego musste ein Mann mit einem großen Geweih sein. Nicht immer sind es die bösen Männer, die ihre Frauen betrügen. Bald schon lag ich auf dem mir zugewiesenen Platz, einer Art Küchenraum, und es dauerte auch nicht lange, dann fielen mir die Augenlider zu und ich in einen Halbschlaf. Im Laufe dieser Nacht war ich bei jedem auch noch so kleinen Laut sofort wach. Das war die Reaktion darauf, zu wissen, dass sich eine Favela in der Nähe befand. Diese kleine Zeltstadt lag am Rande dieses Elendsviertels; auch wenn es räumlich von der Nr. 1 getrennt wurde, so war dies hier auch Favelagebiet. Na ja, was soll ich sagen, ich wachte am nächsten Morgen gegen all meine Erwartungen quietschfidel aus dem Schlaf auf und hatte noch alles am Mann, was auch vorher mein Eigentum gewesen war. Nicht Esmeralda war es, die mir das Frühstück sozusagen ans Bett brachte, sondern ein anderes, wesentlich jüngeres Mädchen mit schwarzen langen Haaren und einem wohlgeformten Körper. Schüchtern, doch reizend. Während ich frühstückte, blieb sie stehen und schaute mir zu, wie ich ein Brötchen nach dem anderen mit Mortadella belegte und mit Genuss aß. Ich war fast fertig mit dem Frühstück, als sie sich überwunden hatte und endlich den Mund aufmachte. Da bemerkte ich ihre weißen, hübsch geformten Zähne. Wie eine Perlenkette, so schön. »Bist du Deutscher?«, fragte sie mit einer angenehm warmen Stimme. »Nein und ja«, gab ich ihr zur Antwort. »Was soll denn das jetzt heißen?«, begehrte sie auf. »Ich bin Brasilianer, aber fühle mich wie ein Deutscher«, suchte ich sie aufzuklären. »So wie ich«, rief sie mit gedämpfter Stimme. »Warum fühlst du so?«, wollte ich jetzt von ihr wissen. »Einmal bin ich Quechua und

zum anderen Mal bin ich Peruanerin!« Auch sie hatte
also zwei schlagende Herzen in einer Brust. Wir Menschen mit zwei schlagenden Herzen in der Brust wissen
nicht, wo wir hingehören. Daher sind wir immer ein
wenig traurig. Die Melancholie verbrennt uns innerlich,
weil wir immer auf der Suche sind, nach einem Ort, an
den wir hingehören. Es war an der Zeit, mich auf den
Weg zu machen. Doch bevor ich ging, fragte ich nach
dem zu zahlenden Preis. Sie wehrte lächelnd ab, es sei
ein Geschenk ihrer Mutter. Es fiel ihr sichtlich schwer,
doch am Ende hatte sie sich überwunden. »Würden Sie
mich mitnehmen?« Ganz leise, als schämte sie sich ihrer
Worte, richtete sie die Frage an mich. Jetzt, als es gesagt
war, schaute sie mich mit flehenden Augen an und hielt
meine Hände fest umklammert. »Bitte«, flehte sie, und
eine Träne rollte über ihre Wange. »Ich würde dich ja
gerne mitnehmen, aber es geht jetzt nicht.« Sie tat mir
leid, aber so viele Frauen hatten das gleiche Anliegen wie
sie. Ich konnte ihr nicht helfen, musste mir selbst helfen.
Ich ließ also noch einen enttäuschten Menschen zurück
und ging wieder ein Stück meinem Ziel entgegen. Am
Abend desselben Tages bekam ich eine Mitfahrgelegenheit in einem Jeep. Einem Rural von der Firma Willys.
War auch nicht mehr der Jüngste, wie sein Fahrer. So
schnauften beide wie Asthmakranke um die Wette. Die
Frage war, wer von beiden den Geist als Erstes aufgeben
würde. Ich muss gestehen, sie blieben mir die Antwort
schuldig. Beide hielten durch bis zu der Wegegabelung
nach Huacho, wo ich zurückblieb und sie nach Sayan
abbogen. Wieder hieß es für mich laufen und laufen, bis
die Schuhsohlen qualmten. Ein Glück, dass ich schon in

jungen Jahren gelernt hatte, viel und ausdauernd zu wandern. So hielt ich es jeden Tag durch, meine zwanzig bis dreißig Kilometer abzuspulen, auch bei recht unebenem Gelände. Zudem hatte ich immer das Gewicht meines Rucksackes miteinzuberechnen. Am Morgen fühlte er sich leicht wie eine Feder an, doch am Abend war ich froh, ihn vom Buckel nehmen zu dürfen. Da brannten meine Schultern wie Feuer, und der Rücken war lahm. Ja, solange kein Fahrzeug anhielt, musste ich laufen, da half kein Wehklagen, zumal man mir ja auf dem Konsulat ein Flugticket angeboten hatte, ich aber diese Fortbewegungsart vorgezogen hatte und die ganze Strecke laufen wollte. Jetzt im Nachhinein hätte ich mich für das Flugticket entschieden. Könnte schon lange in Mannheim bei Brigitte sein und meine Füße bei ihr unter dem Küchentisch ausstrecken. Womöglich säße ich auch schon wieder hinter dem Lenkrad eines vierzig Tonnen schweren Lastwagens. Ich glaubte, so mein Geld sparen zu können. Doch wenn ich jeden Tag nur einen Dollar ausgab, so läpperte es sich am Ende doch zu einem ansehnlichen Betrag zusammen. Und ein Dollar am Tag, das war auch hier nicht allzu viel. Reichte gerade für das Nötigste. Drei Tage später war ich in Barranca. Dort bekam ich einen schönen ruhigen Schlafplatz mit Duschmöglichkeit. Konnte mir meine Wäsche waschen und danach in den kleinen Schnellimbiss gehen, den die junge Frau eines der Angestellten der Mautstation dort betrieb. Eigentlich hatte ich es dieser Frau zu verdanken, dass man mir diese Luxusherberge zur Verfügung stellte. Als ich zuerst in diesen Schnellimbiss trat, um eine Kleinigkeit zu essen und einen Kaffee zu trinken, verstand sie an meiner Aussprache, dass ich Brasilianer war, sah den Rucksack, meine abgelaufenen Schuhe und schloss folgerichtig daraus, dass ich aus Brasilien kam und dies zu Fuß. »Na ja«, klärte ich sie auf, »wenn es geht, dann fahre ich auch mal per Anhalter mit.« Während wir uns so unterhielten, kam ihr Mann von drüben, von der Mautstelle, herein. »Dieser Mann«, so sagte sie und wies mit dem ausgestreckten Arm zu mir herüber, »kommt zu Fuß aus Brasilien bis hierher!« Der Angesprochene nahm sich nicht einmal die Zeit, zu mir herüberzuschauen, sondern meinte trocken: »Na und«, als wäre es das Alltäglichste, so jemanden hierzuhaben. Er war mit seinen Gedanken ganz woanders, denn nachdem er die eine Thekenschublade auf den Kopf gestellt hatte, fragte er beiläufig: »Wenn du mit deinen Gedanken aus Brasilien zurück bist, kannst du mir sagen, wo ich den Kreuzschlitzschraubenzieher finde?« »Da, wo du ihn hingelegt hast«, gab sie pampig zur Antwort. »Ja, genau!«, rief er, zeigte mit dem Finger auf sie und beeilte sich den Raum zu verlassen. Er kam an meinem Tisch vorbei, hielt an, streckte mir die Hand zum Gruße hin und fragte mich ganz ernst: »Warum tun Sie sich so etwas an?«, dann ging er, ohne eine Antwort abzuwarten, hinaus. »Hm.« Eine gute Frage! Ich war ehrlich gesagt froh darüber, ihm die Antwort ersparen zu dürfen, denn wie soll man so etwas erklären? Kein halbwegs normaler Mensch würde meine Gründe verstehen, die jetzt zu diesem Zeitpunkt nicht einmal ich mehr verstand. Aber jetzt Zweifel aufkommen lassen, dann womöglich aufgeben? Nein! Jetzt war ich schon so weit vorangekommen, da würde ich auch noch den Rest packen. Sollten alle reden. Ich musste niemandem Rechenschaft ablegen. Aber die junge Frau hinter der Theke war, im Gegensatz zu ihrem Mann, ganz begeistert. Für sie war ich ein Held! Sie goss mir kostenlosen Kaffee nach, machte mir etwas zu essen, obwohl die Küche bereits geschlossen hatte, und setzte sich dann zu mir an den Tisch, wo sie sich mit mir unterhielt. Als ich ihr erzählte, dass ich dies alles nur auf mich nähme, weil ich zu Hause eine Frau hätte, bei der mir jetzt erst bewusst geworden sei, dass ich sie liebte, da war es ganz um sie geschehen. Sie sah mich mit anderen Augen an. Für sie war ich wie ein Prinz aus einem Märchen. Ein Mann, der für eine Frau so etwas auf sich nahm! Ach, das war ein Traum! Gerade kam ihr Mann wieder zur Tür hereingestürzt. War schon wieder auf der Suche nach irgendetwas. Sie wollte ihn auf das von mir Gehörte ansprechen, aber dann stockte sie mitten im Wort und behielt das, was ich ihr erzählt hatte, für sich. Es war jetzt ihr eigenes kleines Geheimnis. Ganz bestimmt hätte ihr Mann den Sinn der Sache gar nicht verstanden. Sie hatte den Märchenprinzen gesehen. Den Märchenprinzen, den sie sich so gewünscht hätte, wie so viele andere Frauen auch. Als ihr Mann das dritte Mal hereingeplatzt kam, fragte sie ihn, wo ich denn schlafen solle. Er schaute sie entgeistert an und fragte, was sie sich darum kümmere. Letzten Endes sei dies doch nicht ihre Sache. Ich solle mir da draußen auf dem Rasen eine Stelle suchen, da sei genügend Platz. Nein, begehrte sie auf, das gehe nicht. Dies würde sie nicht zulassen. Unter keinen Umständen! Um den Ehefrieden der beiden nicht in Gefahr zu bringen, willigte ich auf das Angebot, auf dem Rasen zu schlafen, ein. Nein! Noch einmal kam ein ganz entschiedenes Nein. Es durfte also der Rasen nicht sein. Einer Frau sollte man keine Bitte abschlagen, besonders dann nicht, wenn es sich um die eigene Ehefrau handelt. Ein Mann, der die Frauen versteht, tut so etwas auch nicht. Jetzt zeigte sich, dass er ein Frauenkenner war. Als solcher nahm mich der Ehemann am Arm, führte mich in einen kleinen, sauberen Raum und meinte, hier dürfe sonst kein Firmenfremder herein. Ich solle bitte nichts dreckig machen. Ich hatte sogar einen eigenen Schlüssel und eine eigene Toilette mit Dusche. So war ich auf den Zuspruch dieser Frau zu meiner Schlafstatt gelangt. Das war herrlich! Nur ein Bett, das suchte ich vergeblich. Die komplette Lieferung käme noch, hatte er gesagt, bevor er die Tür schloss und mich allein ließ. Aber auf dem Boden lag eine noch in Plastik eingepackte nagelneue Matratze. Diese Nacht schlief ich mal wieder fest und tief wie schon lange nicht mehr. Das war eine richtige Wohltat. Zufrieden reckte und streckte ich mich auf meiner Matratze. Die am Morgen noch gewaschene Wäsche hängte ich mir außen auf den Rucksack, und nachdem ich gefrühstückt hatte, verließ ich dieses nette, gastliche Häuschen und machte mich wieder auf die Socken, wie man es so salopp ausdrückt. Huarmey war dann mein nächstes Etappenziel. Ich konnte noch aus der Ferne das Gebäude der Mautstelle sehen, als ein Pick-up laut hupend aus dieser Richtung auf mich zukam. Gespannt blieb ich stehen und wunderte mich, was das wohl sollte. In Gedanken wanderte ich noch einmal zurück und überlegte, ob ich vielleicht etwas dort vergessen hatte. Doch mir fiel nichts ein, was es hätte sein können, dass man mir einen Wilden hinterherschickte. Denn so gebärdete sich dieser, mein Verfolger. Er, der Fahrer, hielt genau an meiner Seite und meinte, ich solle einsteigen, da ich heute meinen Glückstag hätte. Ja, die Leute dort hätten ihm von mir erzählt, und da er bis nach Trujillo reise, solle er mir doch eine Mitfahrgelegenheit gönnen. Hier stehe er und warte jetzt nur noch darauf, dass ich einsteige, damit er seine Reise fortsetzen könne. Ich tat ihm mit Freude den Gefallen. Er war nur ein paar Jahre älter, als ich es war. Außerdem war er recht freundlich und humorvoll. Wohl daher war zu erklären, warum wir uns so gut verstanden. Er war Geschäftsführer in einem Drei-Sterne-Hotel in Lima. Für eine Woche hatte er Urlaub genommen und war jetzt auf dem Weg nach Hause. Dort lebten seine Eltern und die Geschwister. Nur er habe sich aus dem schützenden Nest getraut. Einmal, so erzählte er, habe er auch eine Verlobte gehabt, doch auf Grund von fehlender Freizeit sei diese Verbindung letztendlich geplatzt. Er schien nicht besonders traurig darüber. Darauf von mir angesprochen, meinte er, froh darüber zu sein. Schlimmer wäre gewesen, beide hätten geheiratet und sie wäre dann fremdgegangen. Da musste ich ihm recht geben. Aber so, meinte er, müsse auch er sich keinerlei Gewissensbisse machen, wenn er mit wechselnden Damen Bekanntschaften schloss. Drei Stunden später hatte ich das Etappenziel erreicht, für das ich zu Fuß vier Tage benötigt hätte. Um achtzehn Uhr erreichten wir dann Trujillo. Wir hatten um die Mittagszeit herum in Casma eine Pause eingelegt. Dann eine kurze Kaffeepause in Chimbote. Wären wir durchgefahren, hätten wir diese ganze Strecke in weniger als acht Stunden gepackt. Schon begann ich weiterzurechnen, denn zu Fuß hätte ich bis Trujillo einen ganzen Monat gebraucht. Von Trujillo aus bis nach Guayaquil waren es noch etwa tausendfünfhundert Kilometer. Zu Fuß etwa fünfundsiebzig Tage. Bestimmt gab es da noch den einen oder anderen Autostopp. Hoffentlich war auch eine längere Anhalterfahrt mit drin. Ärgerlich war es immer, wenn ich stundenlang gelaufen war und dann doch ein Fahrzeug hielt, der Fahrer mir aber erklärte, er würde nur bis zum nächsten Ort fahren. Meist waren es dann noch gerade mal vier oder fünf Kilometer und ich musste wieder zu Fuß weiterlaufen, kaum dass ich meine geschundenen Füße ausgeruht hatte. Dank einiger anhaltender Fahrer schaffte ich die Strecke zwischen Trujillo und Chiclayo in einer Woche. Die so bewältigten Kilometer läpperten sich langsam zusammen und ich kam meinem Ziel immer näher. Aber die Strapazen der letzten Wochen und Monate machten sich bemerkbar. Daher dachte ich ungeduldig werdend nur daran, wie ich am schnellsten weiterkäme. Doch gleich nach Chiclayo kam ich an eine Wegegabelung. Ich musste mich entscheiden. Beide Straßen führten nach Piura. Die eine verlief in Küstennähe und war um einiges länger. Die andere, die Nr. 1, folgte dem Fuß der Anden an der Ortschaft Olmos vorbei Richtung Piura. Sie war kürzer. Auf Ersterer war der Verkehr stärker, doch auch auf Letzterer konnte ich gut vorankommen. So entschied ich mich auf Anraten eines Einheimischen für diese letzte Option. Es dauerte auch nicht lange und ich bekam eine Mitfahrgelegenheit auf einem LKW, musste aber davor noch Schwerarbeit leisten. Der Lastwagen hatte einen platten Reifen und der Fahrer war noch am Überlegen, ob er diesen wechseln sollte oder nicht. Dabei hielt er Ausschau nach einem Hilfswilligen. Denn genau dort in der Nähe stand eine Behausung, aus einigen Ästen und einer Plastikplane erbaut. Dies mitten in der Wüste. Weit und breit nichts außer Sand und noch mehr Sand. Als ich näher kam, löste sich aus dem Schatten dieses Wüstenpalastes eine männliche Gestalt, die sich gemächlich auf den wartenden Motoristen zubewegte. Langsam und doch schnell genug, um vor mir dort einzutreffen. Wohl aus Angst, ich könnte ihm das Geschäft kaputt machen, indem ich vor ihm ein Angebot machte. Womöglich günstiger als das seine. »Hast du einen Platten?«, wollte der Indio von dem Fahrzeuglenker wissen. Gelangweilt schaute er sich dabei den zerfetzten Reifen an und meinte beiläufig: »Wenn du willst, kann ich dir den Reifen wechseln.« Auf den Einwand hin, er habe keinerlei Werkzeug bei sich, meinte der ärmlich gekleidete Quechua, das sei kein Grund, den Reifen nicht zu wechseln, und schon ließ er einen schrillen Pfiff hören. Als sei es schon vorher abgesprochen gewesen, kamen eine kleine dickliche Frau und zwei minderjährige Jungen dahergerannt. Die Alte schleppte einen Wagenheber, einer der Jungen ein schweres Radkreuz und der Kleinere ein Metallrohr heran. Nachdem die ganze Familie angerückt war und den Schaden eingehend begutachtet hatte, wollte der Indio jetzt wissen, was der Lastwagenfahrer bereit war zu zahlen. Nachdem das erste Angebot als zu niedrig ausgeschlagen worden war, gab jetzt der jüngste Spross der Familie seine Meinung bekannt. Als verstünde er etwas von der Sache, wiegte der Dreikäsehoch nachdenklich seinen Kopf und meinte

keck: »Das ist zu wenig!« »Da hörst du«, ereiferte sich der
Vater, einen stolzen Blick auf seinen Jüngsten werfend,
»sogar ein Kind versteht, dass dieser Lohn zu niedrig ist.«
Der Fahrer zog laut hörbar den Rotz hoch, spuckte ihn
dem Indio vor die Füße, ließ die Familie achtlos stehen,
machte seitlich an der Zugmaschine den Bunker auf,
holte einen Gaskocher daraus hervor und machte sich
etwas Reis mit Bohnen warm. Im Schatten des Fahrzeuges stellte er einen dreibeinigen Kamelhocker auf, setzte
sich und begann in aller Seelenruhe zu essen. »Wenn du
mich mitnimmst, dann wechsle ich dir den Reifen«, bot
ich ihm an. Siegessicher meldete sich der Indio zu Wort
und lächelte dabei mitleidig: »Mit welchem Werkzeug
denn?« Der LKW-Fahrer war ein faules Aas, das bemerkte ich bei einem Blick in den Bunker, in dem sich
alles befand, um die Reparatur durchzuführen. Lieber
hätte er für den bevorstehenden Reifenwechsel bezahlt,
als sich die Hände dreckig zu machen. »Umsonst«, gab
ich zu bedenken. Bevor er mir darauf antwortete, kramte
ich bereits das darin befindliche Werkzeug aus dem Kas-
ten und machte mich auch schon an die Arbeit. Das war
mehr als ärgerlich für diese Indiofamilie, diese Wegela-
gerer. Für sie ein entgangenes lukratives Geschäft! Jeder
Handgriff, den ich tat, wurde daher von der herumste-
henden Konkurrenz mit spöttischen Bemerkungen versehen. Ja, sie versuchten gar meine Arbeit zu sabotieren,
indem sie mir in die Füße liefen, versuchten die gelösten
Radmuttern in den losen Sand zu treten. Doch der Fahrer hatte ihr Spielchen durchschaut. »Haut hier ab!«,
schrie der Fahrer wütend, stellte den Topf mit dem Reis-
bohnengemisch zur Seite, griff sich das Familienober-

haupt und stieß ihn mit Wucht zu Boden. Das wollte sich dieser nicht gefallen lassen und griff nach dem Verlängerungsrohr, das sein Jüngster in der Hand hielt. Er hob es wutentbrannt hoch, schwang es über seinem Kopf und wollte gerade zuschlagen, als er abrupt innehielt. Der Fahrer hatte sich den älteren der beiden Jungen geschnappt und ihn als eine Art Schutzschild hochgehoben. Mit dem Jungen als Deckung bewegte er sich rückwärts zum Führerhaus hin und hatte gleich darauf eine Pistole in der Hand. Eine Schusswaffe ist immer ein gewichtiges Argument, von dem man sich doch überzeugen lassen sollte, bevor es zu spät war. Damit war es jetzt Zeit für die ganze Familie, den Rückzug anzutreten. Hier war wohl kaum mehr ein Geschäft zu machen. Während sich die Störenfriede zurückzogen, beendete ich den Reifenwechsel, räumte das Werkzeug an seinen Platz zurück und warf das Rad mit der Hilfe des Fahrers auf die Ladefläche. Nachdem er den Großteil des Topfinhaltes zu sich genommen hatte, reichte er mir den Rest rüber. Leider war die Pampe schon kalt und schmeckte nach nichts. Es hätte ruhig ein wenig versalzen sein können. Ich schluckte es runter und verspürte damit zumindest etwas Fülle in der Bauchgegend. Während wir fuhren, schimpfte er über diese Vagabunden, die wie Strauchdiebe an den Straßen auf ihre Opfer warteten, um sie auszunehmen. Sie, erboste er sich, warfen verbogene Nägel auf die Straße und verdienten sich so ihr Geld, indem sie beim Reifenwechsel halfen, diese Halunken. Sie lebten hier draußen in ihren spärlichen Behausungen, hatten schon Werkzeug, ja wenn es sein musste, sogar Ersatzreifen zur Hand. Überteuert wurden diese dann dem verkauft, der kein Ersatzrad dabeihatte. Überall lungerten sie herum, und niemand unternahm etwas gegen diese Banditen. Es war ihnen nur schwer zu beweisen, dass sie diesen oder jenen Nagel auf den Asphalt geworfen hatten. Wir fuhren über Piura weiter nach Salana bis Talara. Hier endete dann die Reise nach mehr als vierhundert Kilometern. Ich kam meinem Ziel Guayaquil immer näher, und das erfüllte mich mit Freude.

Die Wüste

Es fehlten mir bis dorthin nur noch um die fünfhundert Kilometer. Gemessen an der bereits zurückgelegten Wegstrecke, war das Ende jetzt wirklich nur noch ein Katzensprung. Auch beflügelte mich die gemachte Leistung, und meine täglich zurückgelegten Wegstrecken wurden länger und länger. In Mancora füllte ich an einer öffentlich zugänglichen Entnahmestelle meine Wasserflasche auf. Immer wo es möglich gewesen war, hatte ich das getan. Von Mancora aus ging es jetzt nach Tumbes durch eine weitere Wüstenlandschaft. Die ganze Gegend war von Sand und wandernden Dünen geprägt. Interessant waren die vielfältigen Farben, in denen sich dieser Sand dem Augenlicht präsentierte. Obwohl, nach so vielen Tagen Wüstenlandschaft konnte ich dieser noch einiges an Schönheit abgewinnen. War ich bisher von jeglichen Gefahren verschont geblieben, so musste ich jetzt so nahe vor meinem Ziel fast das Handtuch werfen. Ja wirklich! Die Strecke nach Tumbes zog sich dahin. Trotz aller Anstrengungen, die ich machte, ein Fahrzeug anzuhalten, gelang es mir einfach nicht. So lief ich den ersten Tag etwa stramme fünfzig Kilometer. Die Nacht verbrachte ich wie immer in den Poncho gehüllt in Straßennähe. Am nächsten Tag, dem zweiten Tag, schaffte ich gerade mal um die dreißig Kilometer. Was mir vorher auf dem ganzen langen Weg bis hierher nicht passiert war, geschah jetzt. Kein Fahrzeug hielt an. Es war wie verhext. Ich glaube nicht an Übersinnliches, aber komisch war es schon. Auf der ganzen Strecke war kein

Mensch zu sehen. Nirgends eine Möglichkeit, etwas zu trinken oder zu essen zu erstehen. Hinzu kamen noch diese Hitze am Tage und die eisige Kälte in der Nacht. Es war wie in der Hölle so heiß. Ich hatte Durst! Meine Zunge schien dicker und dicker zu werden. Letztendlich setzte ich dann die in Mancora gefüllte Flasche an den Mund und trank die lauwarme Brühe am Morgen des zweiten Tages. Ich weiß nicht, wie lange es gedauert hat, aber länger als eine Stunde ganz bestimmt nicht, und schon fing mein Magen an zu rebellieren. Es war, als würde sich mein gesamtes Gedärm verdrehen wollen. Verdrehen und sich auswringen. Ich zog die Hosen herunter und bückte mich. Keine Sekunde später und meine Hose wäre voll gewesen mit einer stinkenden, braunen Brühe. Der Weg bis Tumbes wurde von mir markiert, als wäre ein Stinktier durchs Land gezogen. Anfangs alle zwei- bis dreihundert Meter musste ich die Hosen herunterlassen. Je weiter ich vorwärtskam, desto schwerer und anstrengender wurden meine Schritte. Es fiel mir schwer, den Weg fortzusetzen. Ich war saft- und kraftlos. Total ausgelaugt suchte ich mir für die Nacht eine kleine Bodenmulde, in die ich mich zum Schlafen niederlassen konnte. Den dritten Tag ohne etwas Essbares und nur noch mit einem kleinen Rest Dreckwassers, den ich auch noch in mich hineingoss. Danach waren meine Därme inwendig bis auf den letzten Winkel entleert. Zum After kam nur noch Blut heraus. Wie in Trance setzte ich einen Fuß vor den anderen. Um mich herum nur Sand, wohin ich auch schaute. Ganz am Anfang, als ich den Fuß in die Atacamawüste setzte, war ich von der farblichen Schönheit überwältigt. Jeder Hügel, jeder Berg leuchtete in einer anderen Farbe. Rote, braune, gelbliche und bläuliche Farbtöne wechselten einander ab. Ein untrügliches Zeichen dafür, dass es sich hier um einen vielfältigen, erzreichen Landstrich handelte. War zudem ganz von der Stille eingenommen, die da herrschte. Kein Lebewesen weit und breit war zu sehen. Beeindruckt war ich gewesen von dem bizarren Naturschauspiel, das sich mir bei wechselnden Lichteinfällen bot. Doch jetzt, das eigene Lebensende vor Augen, da war mir ganz anders zumute. Ich befand mich hier auf fremder Erde. Konnte nicht sagen, wie viele Kilometer oder auch nur Meter ich gelaufen war. Am liebsten hätte ich geweint, doch war ich so ausgetrocknet, dass nicht einmal für eine einzige verdammte Träne Wasser in mir war. Die glühend heiße Wüstensonne dörrte meinen Gaumen aus. Meine Lippen waren aufgesprungen, obwohl ich versuchte sie mit der Zunge zu benetzen. Doch war es vergebliche Mühe. Meine Gedanken machten einen Sprung zurück in die Vergangenheit. Ich traf mich mit all den Menschen, die mir etwas bedeutet hatten im Leben. Aber auch mit Serginho, dem jungen Mann, der durch mich ums Leben gekommen war. Was war das? Kam jetzt die Stunde der Abrechnung? Musste ich jetzt für mein Tun mit dem Leben bezahlen? War dies die Strafe hierfür? Ach, Scheiße! Ich war zu müde, um all die Fragen, die durch meinen Kopf schossen, zu beantworten. Ich wollte nicht mehr! Und doch ging ich weiter. Solange noch ein einziger Hauch von Leben in mir war, durfte ich nicht aufgeben. Ohne eigenen Willen setzte ich einen Fuß vor den anderen. Es war fast schon Abend, als ich hinter mir ein Motorengeräusch wahrnahm. Das durfte doch nicht wahr sein! Ein Lastwagen! Das konnte meine Rettung sein. Ich drehte mich um, blieb stehen, hob meine Hände über den Kopf und winkte, um so auf mich aufmerksam zu machen. Die ganzen zurückliegenden drei Tage hatte niemand angehalten und ich wäre jetzt vor Freude fast in die Luft gesprungen, als ich sah, wie der Fahrer sein Tempo verringerte, an mir vorbeirollte und weit vor mir zum Stehen kam. Doch hierzu fehlte mir die Kraft, auch wenn ich es noch so gerne hatte tun wollen. Ich konnte mich auch so kaum auf den Füßen halten. Mit unsicheren, staksigen Schritten rannte ich auf den LKW zu aus Angst, der Fahrer könnte es sich anders überlegen und dann noch im letzten Moment davonfahren. Es gab ja genug solcher Spaßvögel, die das gemacht hatten. Außer Atem kam ich dann bis zur Fahrerkabine vor und wollte die Beifahrertür öffnen, doch sie ließ sich nicht bewegen. »Bitte, bitte«, flehte ich im Stillen. »Fahr jetzt nicht weg!« Verzweifelt riss ich am Türgriff. »Verdammte Scheiße!« Das Ding ließ sich in keiner Richtung auch nur einen Millimeter bewegen. Mein Schnaufen übertönte jeden anderen Laut um mich herum, so sehr japste ich nach Luft. Ich hätte heulen können. Alles klang so hohl. Da stand meine Rettung, und ich hatte nicht einmal die Kraft, die Tür zu öffnen. Erlag ich am Ende einer Fata Morgana? Hatte sich mein Hirn dieses Fahrzeug nur eingebildet? Noch nie hatte ich solche Angst ausstehen müssen wie in diesem Augenblick. Dies hier war für mich der entscheidende Moment über Leben oder Tod. Warum ließ sich die verdammte Tür nicht öffnen? Warum? Sollte er davonfahren, wäre dies mein sicherer Tod. Ich war so sehr in Panik geraten, dass ich die Stimme des Mannes hinter dem Steuer nicht auch nur einen Augenblick lang wahrgenommen hatte. Erst als er um die Kühlerhaube herum auf mich zukam, mich in ruhigem Ton ansprach, erst da beruhigte ich mich. Die Tür sei defekt und er habe sie kurzerhand zuschweißen lassen. Der Einstieg sei jetzt nur noch auf der Fahrerseite möglich. Das war jedoch nur der Anfang eines Alptraumes. Als Sitz für den Fahrer diente ihm ein Gartenstuhl mit buntem Plastikgeflecht. Auf der Beifahrerseite stand die Batterie, und auf dieser lag ein Stück Kartonage. Darauf sollte ich Platz nehmen. Von dem vielen Dreck und Staub nahm ich keine besondere Notiz. Der Mann wartete geduldig, bis ich Platz genommen hatte, dann ging die Reise weiter. Ganz bequem, trotz der Batteriesäure unter meinem Allerwertesten. Es ging weiter in Richtung Grenze. Als er von mir hörte, dass ich Durst hatte, reichte er mir eine halbleere Glasflasche der Marke Coca-Cola, in der sich kalter, schwarzer Kaffee befand. Mit zittrigen Händen ergriff ich die mir gereichte Flasche, die ich kaum in der Lage war zu halten. So schwach war ich! Ich trank gierig. Trank alles, ließ keinen Tropfen zurück. Auch wenn ich gewollt hätte, es wäre mir nicht gelungen, vorher abzusetzen. Es war, als fiele ein Regentropfen in einen Eimer voller ausgedörrtem Sand. Oh, wie brannten jetzt meine zersprungenen Lippen! Kaum war die pechschwarze Brühe von meinem Körper aufgenommen worden, da begannen auch schon meine Innereien zu rebellieren. Zum Glück hatte dieser Kieskutscher Verständnis für mich und meine Situation, aber nur, weil ich seine Frage, ob ich an Gott glaubte, bejahte. Denn, so klärte er mich auf, als ich wieder einen Haufen in die Wüste gesetzt hatte, ein verdammter Gottesleugner könnte von ihm aus in der Wüste krepieren. »Das hier ist mein Gott, das ist mein Opium!« Zur Bekräftigung seiner Worte schlug er mit flacher Hand auf die Bibel, die vorne bei ihm auf dem Armaturenbrett lag. Ob dieser Mensch jemals den Sinn und nicht nur die Worte Gottes verstanden hatte? Nun, er war mein Retter in der Not, daher wollte ich nicht allzu scharf mit ihm zu Gericht sitzen. Ein armer, fehlgeleiteter, menschlicher Tölpel, dem nicht offensichtlich wird, wie lächerlich und verlogen sein Gottesglaube doch ist. Nie etwas davon gehört, dass man seine Feinde lieben sollte wie sich selbst. Na ja, die, die sich die Gottestreuesten nannten, hatten ja schon so viel Leid unter die Menschen gebracht und glaubten immer noch richtig gehandelt zu haben. Wir fuhren und fuhren, und er sprach und sprach. Er war so stolz darauf, jedes einzelne Wort in der Bibel auswendig dahersagen zu können. Ich meinerseits musste all meine Kräfte aufbringen, um vor Erschöpfung nicht in einen tiefen, festen Schlaf zu fallen. Womöglich hätte er mir ein solches Verhalten am Ende gar übel genommen. So fanatisch wie er war. Dann endlich kamen wir auf die Grenze zu. Der Ort auf dieser Seite nannte sich Aqua Verde, und auf der anderen Seite der Grenze lag Huaquillas. Kurz vor besagter Ortschaft stand ein verwittertes Schild, das auf die erstgenannte Ortschaft hinwies. Ich forderte meinen Retter auf, dort anzuhalten, da ich geradeaus auf die Grenze zu und er nach links Richtung Pazifik abbiegen wollte. Er nickte zustimmend, doch fuhr er weiter. Ein zweites Mal machte ich ihn darauf aufmerksam, dass er halten solle. »Sí, sí, Señor«, antwortete er und nickte abermals mit dem Kopf. Doch der Kieslaster rollte und rollte weiter. Beim dritten Anlauf gelang es ihm dann, sein Gefährt endlich zum Stehen zu bringen. »Weißt du, mein Freund und Bruder, die Bremsen sind sehr alt, und manches Mal, da wollen sie eben nicht, wie ich es gerne hätte!« Aber er vertraue in Gott und so würde er hoffentlich noch lange leben. Auch sein Lastwagen würde ihm noch viele Dienste tun, war er doch vor nicht allzu langer Zeit vom Pastor gesegnet worden. »Na, bei so viel Gottvertrauen muss es ja mal schiefgehen«, dachte ich. Das wird wohl einer von denen sein, die ungebremst in ein Haus rasen, dabei den Tod anderer Menschen in Kauf nehmen und die verzweifelten Angehörigen obendrein noch auf Gottes Willen hinweisen. Gott dann auch noch verantwortlich machen für ihre eigene Nachlässigkeit. Kein Wunder, wenn die Kirchen leerer und leerer werden. Werden sie doch am Ende mehrheitlich von solchen Gottesleugnern getragen. Nur weg von hier, hinüber nach Huaguillas. Konnte ja sein, dass es sich der Kieskutscher anders überlegte und letztendlich mir doch über den Weg fuhr. Dann war ich es, der da unter dessen Laster lag und platt wie eine Flunder war. Unverantwortlich und wohl auch unbelehrbar war dieser Mensch! Ich stapfte durch Aqua Verde und suchte den Grenzübergang. Doch diesen suchte ich vergebens. Es gab keine richtige Grenze zwischen Peru und seinem Nachbarn Ecuador. Zumindest hier nicht. Keinen Schlagbaum oder etwas Ähnliches. Die Mitte der Hauptstraße war zugleich die Grenze. Ohne es zu wissen, befand ich mich bereits nach einem kurzen Fußmarsch in Ecuador. Man erkannte dies nur an der Sauberkeit. Waren die Straßen auf peruanischer Seite nicht asphaltiert und zudem recht dreckig, so war es auf der gegenüberliegenden Seite genau umgekehrt. Doch hatte ich für diese Zustände im Moment kein Auge. Meine Beine ließen mich im Glauben, sie seien aus Gummi. Ohne jeglichen Halt, ohne jegliche Stabilität. Ich ging daher in die erstbeste Kneipentür hinein, nahm meinen Rucksack vom Buckel, fiel kraftlos auf einen Stuhl und bestellte eine Flasche Coca-Cola, die ich in einem Zuge austrank. Auch die zweite Flasche floss durch den ausgetrockneten Rachen. Während mir der Wirt einen großen Becher Kaffee brachte und meinte, das sei besser, bestellte ich etwas zu essen. Ich weiß nicht mehr so genau, was da auf meinem Teller lag. Aber ich verschlang es mit Heißhunger. Kaum hatte ich den letzten Bissen geschluckt, da meldete sich mein Innenleben aufs Neue zu Wort. So schnell ich konnte, rannte ich in den hintersten Teil des Schankraumes, durch eine Tür hinaus in den Hof und dann in die einzige Toilettentür hinein. Ich war mir nicht sicher, was ich als Erstes tun sollte. Ob kotzen oder scheißen. Ein übler, säuerlicher Gestank schlug mir entgegen. Die Toilette maß nicht ganz einen Quadratmeter auf der Grundfläche. Seitlich vom WC-Becken befand sich ein Handwaschbecken. Genau unter meiner Nase. In diesem Handwaschbecken lagen mehrere verschissene Windeln, die bestialisch stanken und recht unappetitlich aussahen. Da half auch der warnende Zuruf des Wirtes nicht viel, nicht auf den Inhalt des Beckens zu schauen. Der Geruch war ja intensiv genug. Diesem Kind ging es ja noch schlechter als mir. Es tat mir leid, auch wenn ich es nicht persönlich kannte. Hoffentlich brachten es die Eltern bald zum Arzt, bevor es zu spät war. Als ich dann erleichtert aus dem Örtchen zurückkkam, orderte ich eine weitere Flasche, dieses Mal jedoch Guarana. Insgesamt waren es zwei große Tassen Kaffee, zwei Flaschen Guarana, eine Flasche Fanta und vier Flaschen Coca-Cola, dann wurde ich so müde, dass ich darum bat, sitzen bleiben zu dürfen, um mich auszuruhen. Um nicht vom Stuhl zu fallen, lehnte ich mich seitlich an die Wand. Während ich in einen kurzen Schlaf fiel, ging der Wirt hinaus und kam bald darauf wieder zurück. Er brachte einen Nachbarn mit, der vor langer Zeit in Deutschland Medizin studiert hatte. Dieser stellte sich bei mir vor, unterhielt sich kurz mit mir und meinte dann, ich müsse unbedingt ins Krankenhaus. Da aber der Ort hier nur über eine kleine ambulante Einrichtung verfüge, solle ich doch schauen, ob man mir trotzdem helfen könne. Falls ich noch weiterreisen sollte, so wäre das Risiko zu groß. Er bot mir an, ein Taxi zu bestellen. Immerhin sei es bis zu dieser Krankenstation noch ein weiter Weg. Gute einundeinhalb Kilometer. Als ich das Taxi ablehnte, glaubte er, ich hätte nicht das nötige Kleingeld, um eine solche Fahrt zu bezahlen, und war sofort bereit, dies zu tun. »Wissen Sie, wer so viele Kilometer gelaufen ist, der läuft diesen einen Kilometer auch noch.« Mit diesen Worten verabschiedete ich mich von den beiden Männern und ging in die Richtung, die man mir gewiesen hatte. Heute noch bin ich der Meinung, an diesem Tag den längsten Kilometer meines Lebens gelaufen zu sein. Es schien, als wolle und wolle er nicht enden. Es war dunkel, als ich dort ankam und mich mit mehreren Patienten unterschiedlichen Geschlechts in einem Wartesaal herumdrückte. Kaum war ich dort angekommen, musste ich unbedingt die Toilette aufsuchen. Mein Magen rebellierte ohne Unterlass. Braune, ekelhaft stinkende Brühe entleerte sich aus meinem Körper. Am Inhalt des Beckens erkannte ich, dass ich wohl in dieser Gegend nicht der Einzige war, der unter Dünnschiss litt. Als ich fertig war mit der Verrichtung meiner Notdurft, wollte ich die Wasserspülung betätigen, diese ließ sich jedoch nicht in Gang setzen, was mir äußerst peinlich war. Ich sprach einen jungen Arzt an, der mir draußen auf dem Flur über den Weg lief, und berichtete ihm von meinen Magenproblemen und der defekten Spülung. Letztere sei schon seit Tagen defekt, und es gebe ohnehin im ganzen Haus kein fließendes Wasser. Gegen die Magenprobleme, da könne er schon etwas tun. Jedoch müsste ich als Erstes an den Tropf, entschied er. Zu diesem Zwecke stellte er mir eine Bescheinigung aus, mit der ich in der Apotheke entsprechendes Serum holen sollte. Auch das noch! Ich war hundemüde, konnte mich schon so nicht mehr auf den Beinen halten, und jetzt sollte ich auch noch in der Gegend herumlatschen und Medikamente heranschaffen. Er habe leider niemanden vom Personal, den er schicken könnte, meinte er. Ohne diese Medikamente könne er jedoch nichts für mich tun. »Also nicht lange diskutieren«, sagte ich mir und biss in den sauren Apfel. Ich weiß nicht, ob ich den Zettel des Arztes überhaupt eingesteckt oder eingesteckt und verloren hatte. Auf alle Fälle stand ich vor der Medikamentenausgabe und kramte in den Taschen herum, ohne jedoch fündig zu werden. Also wieder zurück! Ich war so kaputt, dass ich im Gehen schlief. Irgendeiner Person in einer weißen Kittelschürze machte ich begreiflich, dass ich mich nicht mehr aufrecht halten könne, und setzte mich auf eine herrenlose Krankenbahre. Kaum dass ich dort saß, fiel ich zur Seite und schlief ein. Geweckt wurde ich am nächsten Morgen zur Einnahme des Frühstücks von einer älteren Schwester. Über mir hing eine halbvolle Glasflasche, welche durch einen Schlauch mit einer Nadel verbunden war, die in meinem Handrücken steckte. Als Erstes verabreichte mir die Krankenschwester einige Tabletten, die ich mit einem Glas Wasser schlucken musste. Hahnenwasser, das jemand von zu Hause mitgebracht hatte. Sie hatte die Medikamente direkt in der bloßen Hand, trotz Wassermangels. Hygiene war allem Anschein nach im Augenblick also nicht besonders wichtig. Bis zum Frühstück hatte ich die Möglichkeit, mir ungestört die Bettnachbarn zu betrachten. Zu meiner Rechten lag ein älterer Herr, der einen Herzinfarkt erlitten hatte. War Beamter bei den Stadtwerken, wie er mir später erzählte. Gott war ihm gnädig gewesen und hatte ihn am Leben erhalten. Dieses war jedoch nicht gerade üppig, doch besser als der Tod. Im Bett links von mir lag ein recht junger Mann mit einer Schussverletzung. Sein Jammern und Stöhnen verriet, dass er noch am Leben war. Dies war wohl auch der Grund, warum er mit einer Handschelle ans Bettgestell gefesselt war und ein Beamter in Zivil an seinem Bett saß. Auch ihm war Gott wohl gnädig gewesen, auch wenn er jetzt damit rechnen musste, den Rest seines Lebens in einem überfüllten Käfig zu verbringen. Im hinteren Teil des Raumes lag eine frischgebackene Mutter mit ihrem Kind. Kein Wunder, wenn man immer wieder von Krankenhauskeimen spricht, die den Patienten gesundheitlich mehr gefährden als seine eigentliche Krankheit, die ihn hierher zur Behandlung gezwungen hatte. Nach einem mageren Frühstück schlief ich trotz Säuglingsgeschrei und dem Gejammer meines Nachbarn gleich wieder ein. Der Schlaf war oft die beste Medizin. Zur Mittagszeit wurde ich wieder aus den Träumen gerissen. Zuerst gab es erneut einige Tabletten, danach einen Teller Suppe mit Brot. Zum Glück wurde ich ja zusätzlich durch die Flasche ernährt. Kaum hatte ich gegessen, rumorte es in meiner Magengegend. Mit der Flasche in der Hand und dem Schlauch an der Nadel lief ich hinaus auf das WC. Der Anblick, der sich mir bot, sagte mir, dass es immer noch kein Wasser im Hause gab. Da die Toiletten von beiderlei Geschlecht benutzt wurden, kann man sich ja vorstellen, welcher Anblick sich mir da bot. Männer, die nicht so sicher im Treffen gewesen waren, hatten den Boden mit ihrem Urin bekleckert. Die Toilettenschüssel sah aus, als hätte jemand versucht sie mit verschiedenfarbiger Schokolade zu garnieren. Alles recht appetitlich! Also der Gestank, der mir in die Nase stieg, war unbeschreiblich. Vier Tage und vier Nächte verbrachte ich dort, dann erlöste mich die Vorschrift, ein reguläres Krankenhaus aufzusuchen, in dem ich weiterhin ärztlich versorgt werden musste. Aber eben nicht mehr gratis, sondern jetzt gegen harte Dollar. Eigentlich wollte ich ja nach Guayaquil, doch die deutsche Botschaft, aber auch das für deutsche Staatsbürger zuständige Konsulat befand sich in Quito. Da mein Gesundheitszustand sehr prekär war, riet mir der Arzt von einer Weiterreise erst einmal ab. Durch den anhaltenden Durchfall hatte ich einen enormen Gewichtsverlust erlitten. Dieser musste erst wieder ausgeglichen werden, und dies könne am besten unter ärztlicher Behandlung geschehen. Da ich aber meine finanziellen Reserven nicht für diesen Zweck angreifen wollte, nahm ich mir vor, die dortige Vertretung um Mithilfe zu bitten. Immerhin war ich ja zahlendes Mitglied der AOK in Mannheim gewesen. Vom Zeitpunkt meiner Lehre an über die Bundeswehrzeit und die Jahre danach als Kraftfahrer. Ich war zudem nie krank gewesen, hatte die Krankenkasse nie in Anspruch genommen. Womöglich konnte ich über das Konsulat eine Unterstützung der Krankenkasse erreichen. Nachdem ich aus der Krankenstation entlassen worden war, ging ich nach Aqua Verde zurück und ließ mir einen Stempel in meinen Pass machen. Um keine Zeit zu verlieren und die Fortsetzung der Behandlung nicht zu lange zu unterbrechen, kaufte ich mir ein Busticket und fuhr in die Hauptstadt.

Os Refugiados

Flüchtlingsorganisation der katholischen Kirche in Quito

Dort angekommen, stieg ich im Busbahnhof aus und schaute nach einer Informationsstelle, in der ich erfahren konnte, in welchem Stadtteil das von mir angepeilte Konsulat lag. Leider war die Infostelle zu dem Zeitpunkt meiner Ankunft geschlossen, was mich zu einem weniger schönen Ausspruch in portugiesischer Sprache veranlasste. In diesem Moment öffnete sich überraschend das Fenster und eine Dame mittleren Alters zeigte sich darin. Noch überraschter war ich, als diese mich auch noch in meiner Heimatsprache rügte. Doch gleich darauf wurde ihre Stimme freundlicher, nachdem ich mich bei ihr für meinen verbalen Ausrutscher entschuldigt hatte. Sie kam ebenfalls aus Santa Catarina, lebte aber seit einigen Jahren in Quito und arbeitete für eine Flüchtlingsorganisation. Um solche Menschen leichter erfassen zu können, saß sie hier an der Information des Busbahnhofes. Hier war der Knotenpunkt. Alles lief über diese Stadt zusammen und von ihr wieder fort. Auch kamen unter den sonst üblichen Reisenden Menschen auf der Flucht hier durch. Hier, bei den Refugiados, hatten sie dann die Möglichkeit, Hilfe in ihrer Not zu finden. Es war eine sehr nette und informative Unterhaltung, die darüber hinaus auch noch von einer Tasse Kaffee begleitet war. Dann kam ich auf mein Anliegen zu sprechen. Ich benötigte die Adresse und Wegbeschreibung zur deutschen Botschaft beziehungsweise dem deutschen Konsulat.

Auf die Frage »Wozu?« erzählte ich meine Krankheitsgeschichte und die Hoffnung, die ich hatte, durch das Konsulat Hilfe zu bekommen. Da sah mich diese Frau aber mit ganz mitleidigen Augen an. »Sie haben wohl noch nie mit den Ausländerbehörden zu tun gehabt?« »Nein«, antwortete ich wahrheitsgemäß. »Ja, das merkt man.« Dann erzählte sie mir eine haarsträubende Geschichte nach der anderen über die langsam mahlenden Mühlen der Bürokratie. Am Ende meinte sie: »Wir sind eine bekannte Organisation, Sie hingegen ein einsamer, kranker, mittelloser Mensch, da können Sie sich schon mal Ihre Erfolgschancen ausrechnen.« Auf meinen Einwand hin, ich sei doch Zeitsoldat in Deutschland gewesen, lächelte sie nur. Mit der Adresse und der Wegebeschreibung machte ich mich fort auf den Weg einer weiteren Lehre. Eine Lehre mehr, die mich an unserer so gerechten Gesellschaft zweifeln lässt. Diese Frau hatte meine ganzen Erwartungen hinsichtlich einer Hilfe der zuständigen Behörden gedämpft. Ihrem Rat folgend, nahm ich den Bus, der mich ins neue, moderne Geschäftszentrum von Quito brachte. Beide Vertretungen Deutschlands waren in demselben Hochhaus untergebracht. Die Bundesrepublik Deutschland teilte sich die Liegenschaften mit dem Steuerzahler Großbritanniens. Um Kosten zu senken. Da war der Bundesadler auf der einen und das Wappen Großbritanniens auf der gegenüberliegenden Seite angebracht. Ich trug mein Anliegen vor, als ich nach geraumer Zeit in eines der Büros gebeten worden war. Die Antwort, die ich bekam, ließ noch einen kleinen Funken Hoffnung aufkeimen, aber ich musste mich zwei Stockwerke tiefer in die Botschaft bemühen, ebenfalls von den deutschen und britischen Staatsbürgern getragen. Dort, so hieß es, werde mir geholfen. Wieder musste ich in einem sterilen Raum warten, bis ich endlich vorgelassen wurde und erneut mein Anliegen vortragen konnte. Ja, wurde mir erklärt, da sei ich doch an die falsche Adresse verwiesen worden. »Ja, aber ich war und bin doch deutscher Staatsbürger und dies hier sei doch die höchste Auslandsvertretung Deutschlands.« »Warum«, so fragte ich die Angestellte, »bekomme ich keine Hilfe?« Das, so antwortete sie, überschreite die Kompetenzen. Man schickte mich wieder nach oben zum Konsulat, und die schickten mich an die deutsch-ecuadorianische Handelskammer. Es war wohl Mittagspause, denn in dem ganzen großen Büro saß, wie verloren, nur eine einzige junge Dame herum. Sie sprach außer Spanisch zum Glück auch etwas Deutsch. So war es mir leichter, ihr klarzumachen, dass ich von ihr eine Hilfe benötigte, zu der mir eigentlich das deutsche Konsulat verpflichtet wäre. Kein Wunder, wenn es trotz allen guten Willens seitens dieses jungen Fräuleins nicht zu dem von mir erwünschten Erfolg führte. Gesenkten Hauptes musste ich den Rückweg antreten. Enttäuscht von diesen Menschen, für die ich einst geschworen hatte in einem Ernstfalle mein Leben zu lassen. So wie davor auch mein Vater den gleichen Schwur getätigt hatte und bis zum bitteren Ende dafür bezahlte. Ich ging schweren Herzens zurück zum Busbahnhof und suchte die Dame im Büro der Refugiados auf, um ihr von dem niederschmetternden Ergebnis zu berichten. »Hatte Ihnen ja gleich gesagt, Sie sollten sich keine großen Hoffnungen machen.« »Ich muss aber doch ins Krankenhaus«, begehrte ich auf. Sie überlegte, wie sie mir helfen könnte, und dann kam ihr ein Einfall. Es gab eine Art Krankenaufnahme für arme Leute, ganz oben auf einem Berg hoch oben über der Stadt gelegen. Ein großes langgestrecktes Gebäude, eine Art Lagerhalle. Es tue ihr leid, aber eine andere Möglichkeit der Unterbringung sah sie just in diesem Moment nicht. Ich solle auf alle Fälle mit ihr in Verbindung bleiben, dann wünschte sie mir viel Erfolg. Ich stieg den Berg hinauf zu dem mir angegebenen Krankenhaus.

Krankenhausaufenthalt in Quito

Der Weg führte mich durch enge Straßen und Gassen, oft durch Treppen miteinander verbunden. Ich kam an der Plaza de la Independencia vorbei und stieg höher und noch viel höher. Ganz oben dann musste ich eine stark befahrene Straße überqueren und stand vor diesem sogenannten Krankenhaus. Ein überdimensionales Schild wies darauf hin, dass ich mich dahinter im Hospital de Sao Pedro befand. Es hatte eher den Anschein eines Gefängnisses als den eines Krankenhauses. Dieser Eindruck wurde noch verstärkt durch den Portier am Eingangstor. Zwei Figuren hielten sich in dem Wachhäuschen auf, die alle beide Hauptrollen in einem Gruselfilm hätten besetzen können. Ihr Verhalten den Insassen gegenüber war hart und unmenschlich. Womöglich waren sie gezwungen sich den Patienten gegenüber so zu verhalten. Unter den Patienten sah ich so manch einen, der wohl zu lange in der Sonne gestanden hatte. Von vielen begafft, ging ich durch das Tor auf das dahinterliegende Gebäude zu. Bei diesem Krankenhaus handelte es sich um eine langgestreckte, einstöckige, fast fensterlose Halle, die mit Eternitplatten abgedeckt war. Im Eingangsbereich standen mehrere Bänke. Dort ließ ich mich erschöpft nieder und wartete darauf, dass man mir ein Bett zuwies. Der Innenraum dieser Halle war durch etwa zwei Meter fünfzig hohe Wände in Schlafbereiche abgeteilt. Auf der einen Seite weibliche, auf der anderen Seite männliche Patienten. Dazwischen befanden sich einige Büroräume und Arztzimmer. Im hinteren Teil des Geländes befanden sich die Küche, der Speisesaal und eine zum Lager umfunktionierte Garage. Für die Männer gab es vier große Schlafsäle und einen Waschraum. Dem Waschraum gegenüber lagen etwa zwanzig Toiletten ohne Türen. Dies war eine Präventivmaßnahme, wie ich nach Befragen eines Patienten erfuhr. Ein junger Mann mit nur einem Bein. Ein Autounfall, ging es mir durch den Kopf. Doch war er nicht der einzige Bein- oder Armamputierte in diesem Schlafsaal, in den man mich nach ärztlicher Aufnahmeuntersuchung einwies. Nur unter den Männern gab es Patienten dieser Art, also musste der Grund für eine solche Verletzung ein anderer sein. Neugierig geworden, fragte ich diesen Silvio nach der Ursache seines Leidens. »Der Krieg!« »Welcher Krieg?« Wie hätte ich wissen können, dass die beiden Nachbarländer gerade aus einem Waffengang gekommen waren. Nachdem man vor einigen Jahren riesige Erdölvorkommen im Osten Ecuadors gefunden hatte, beanspruchte auch Peru dieses Territorium für sich. Ungeahnte Reichtümer hatten dort im Urwald gelegen, von denen bis dato niemand wusste. Einem Gebiet, das zwar rechtlich zu Ecuador gehörte, aber das bisher so gut wie Niemandsland gewesen war. Was letztendlich zu einer bewaffneten Auseinandersetzung zwischen den beiden Nachbarländern geführt hatte. Wie so oft bei diesen Auseinandersetzungen soll die amerikanische Regierung ihre Finger im Spiel gehabt haben. Na, wo die Amerikaner waren, befanden sie sich auch mit der Unterstützung anderer befreundeter Nationen. Viele Tote und noch mehr Verwundete auf beiden Seiten waren das traurige Resultat, und durch von den Vereinigten Staaten angeregten Schiedsspruch in Rio de Janeiro wurde der Osten Ecuadors letztendlich unter UN-Mandat gestellt. Drei große Erdöl fördernde Unternehmen beherrschen seit dieser Zeit das ganze Gebiet, so der ehemalige Soldat. Es gab keinen Hass unter den Angehörigen beider Armeen, denn es hatte keine Sieger, aber auch keine Verlierer in diesem Krieg gegeben. Nach dem Motto »Wenn zwei sich streiten, freut sich ein Dritter« verlief es auch in diesem Falle. Silvio kam ursprünglich aus Guayaquil und war von Beruf Fischer gewesen. Wie alle armen und weniger gebildeten männlichen Einwohner war er bei der Mobilmachung eingezogen worden. Jetzt war der Krieg zu Ende, er ein Krüppel, der, um eine Prothese zu bekommen, auf Krücken von einer Behörde zur anderen humpelte. Wenn er den Betrag von fünfhundert US-Dollar vorweisen könne, so hatte man ihm versprochen, bekäme er eine solche Gehhilfe. Da er auf seiner Bettel-tour bei den öffentlichen Stellen keinerlei Erfolge erzielen konnte, war er an die Unternehmer herangetreten, be-sonders an die der Erdöl verarbeitenden Industrie. »Hast du zumindest dort Erfolg gehabt?«, wollte ich wissen. Er gab mir keine Antwort, sondern zeigte mir eine Eintritts-karte für den zurzeit in der Stadt gastierenden Zirkus. Das war die ganze Ausbeute seiner Bittgänge. Fürs Va-terland in den Krieg ziehen war wohl doch nicht mehr so lukrativ wie zur Zeit der Landsknechte, die sich nicht mit Ruhm, jedoch mit dem Hab und Gut ihrer besiegten Feinde beluden. Noch einer, der Erfahrung gesammelt hatte. Da erinnere ich mich an meinen Vater und dessen Geschichte. Auch er hatte sich verraten gefühlt. Um seine Jugend betrogen und von den Politikern verraten, die noch zu Hitlers Zeiten, aber auch danach das Sagen in der Heimat hatten. War ganz schön bitter, dieses Schicksal vor Augen zu haben. Nach den ersten zwei Tagen in diesem Krankenhaus ging es mir schon etwas besser, durch die Medikamente, die ich erhielt. Doch dieser Zustand verschlechterte sich aufs Neue, als es am frühen Nachmittag des dritten Tages auf einen Schlag ganz dunkel in den Räumen wurde und taubeneigroße Hagelkörner auf die Stadt niederprasselten. Ein ohrenbetäubender Krach erfüllte die Räume, als die Hagelkörner auf das Dach herniedergingen. Ich lag in meinem Bett, war noch nicht lange wach und musste jetzt mitansehen, wie die Hagelkörner in das Dach über mir einschlugen. Um mich vor der Urgewalt zu schützen, zog ich meine Decken über den Kopf. Es dauerte keine fünf Minuten, dann hörte das Prasseln auf, und als ich mich aus der sicheren Deckung herausschälte, sah ich, dass der ganze Raum, in dem ich lag, etwa zehn Zentimeter unter Wasser stand. Alle Betten und alles, was sonst noch im Raum stand, waren triefend nass. Überall häuften sich die Hagelkörner. Niemand blieb in den Betten, dafür sorgte nicht nur die Nässe, sondern auch die Oberschwester, die das Kommando übernommen hatte. Jeder wurde von ihr persönlich eingeteilt. Ich musste in die Küche und mithelfen das Dach reparieren. Das eiskalte Wasser lief mir auch über den Rücken, was mir besonders unangenehm war. Als das Dach provisorisch gedeckt war und kein Wasser die Zubereitung des Abendessens in Frage stellte, musste ich gemeinsam mit anderen Kranken das Wasser aus den Räumen schöpfen. Stundenlang stand ich in dieser eiskalten Brühe. Mit sechs oder acht Männern versuchten wir das Wasser mit den Decken aufzufangen und wrangen diese über Eimern aus. Auch der Beinamputierte Silvio half dabei, so gut er konnte. Leider hatte unser Raum keinen Abfluss. Zudem lag er im Gegensatz zu den anderen Räumen um eine Treppenstufe niedriger als all die anderen Räume im Gebäude. Ob es zwei oder drei Stunden dauerte, bis wir den Boden trockengelegt hatten, kann ich nicht sagen, aber ich war mir gewiss, dass es sehr lange gedauert hatte. Nun mussten wir auch noch die alte Bettwäsche von den Betten abziehen. Trotz der anstrengenden Tätigkeit fror ich sehr stark, und als die Betten mit trockener Bettwäsche überzogen waren, krabbelte ich in das meine und vergrub mich unter der neuen Decke, die mich einfach nicht wärmen wollte. Ich begann zu zittern und fühlte mich schwach und elend. Ließ sogar das Abendessen ausfallen. Das war für mich ein klares Zeichen, dass ich Fieber hatte. Eben noch schwitzte ich, dann fror ich wieder. Schüttelfrost! Ein junger Indio, der im Nachbarbett schlief, deckte mich in der Nacht mit seiner Decke zu. Von nun an lag ich mit Fieber in der Koje, und schuld an meinem Zustand war niemand außer der dämlichen Oberschwester. Ich war zu schwach, um mich aus dem Bett zu erheben und in den Essensraum zu gehen, sodass ich am nächsten Tag auf die Hilfe der anderen Leidensgenossen angewiesen war. Hunger hatte ich eigentlich nicht. Zum Glück halfen sie mir, wo es auch immer ging. So ermahnten sie mich, doch ein wenig Nahrung zu mir zu nehmen. Das Einzige, was ich selbst machen musste, war auf die Toilette gehen, das konnte niemand für mich tun. So kam es, dass ich diesen

Gang antrat und, als ich von dem WC zurückkam, mein Bett durchwühlt vorfand. In meiner Abwesenheit hatte irgendeiner meinen Rucksack, der unter der Matratze lag, entwendet. Meine Papiere hatten sich darin befunden. Was jedoch noch schlimmer war, der Großteil meines Geldes war damit auch verschwunden. Der Geldbetrag, den ich gesondert im Inneren des Kopfkissenbezuges aufbewahrt hatte, der war mir geblieben. Diesen hatte der Dieb nicht entdeckt. Verdammte Scheiße! Ich schaute mich im Raum um. Wer von diesen Leuten könnte der Dieb sein? Es waren etliche Leute anwesend. Sie lagen und schliefen, doch einer von ihnen tat nur so, und dieser war der Dieb. Wer aber war es? Das war eine gute Frage. Sofort beschloss ich, hinüber ins Verwaltungsbüro zu gehen, um den Diebstahl zu melden. »Ich dachte, Sie hätten kein Geld, um Ihre Pflege zu bezahlen«, fragte mich der dortige Mitarbeiter, als ich mein Geld als gestohlen meldete. Er sah mich jetzt scharf an, als könne er an meiner Nasenspitze erkennen, ob ich die Wahrheit sagte oder nicht. Immerhin stand ein Widerspruch im Raum, denn bei der Aufnahme hatte ich angegeben, kein Geld zu besitzen, und jetzt eine Diebstahlsmeldung, bei der es doch um Geld ging. Das reimte sich nicht zusammen. Ich musste ihm gestehen, dass ich einen kleinen Betrag hatte, für alle Fälle. Bei der Höhe des mir abhandengekommenen Betrages war ich gezwungen weit unter dem wahren Wert des Diebesgutes zu bleiben. Also nichts weiter als eine Bagatelle. Das Geld wiederzufinden war seiner Meinung nach aussichtslos. Das könne ich abschreiben. Oder aber ich hätte mir die Nummern der einzelnen Scheine aufgeschrieben, dann könnte er sofort mit mir das Gebäude auf den Kopf stellen. »Ja, aber die Papiere, der Rucksack und dessen weiterer Inhalt«, gab ich zu bedenken. Damit hätte man den Dieb doch überführen können. Je mehr ich mich hineinsteigerte, desto desinteressierter reagierte dieser Büromensch. Er hatte einfach keinerlei Interesse an irgendwelchem Tumult. Das bliebe dann sowieso an ihm hängen. Er hätte einen Bericht schreiben müssen, ohne an den Ärger und all die Arbeit zu denken. Hier lagen mehrere Hundert Personen. Klar hatte ich mir die Nummern nicht aufgeschrieben. Ja, das war's dann wohl. Wie ein begossener Pudel zog ich mich zurück in mein Bett. Argwöhnisch beobachtete ich von diesem Augenblick an jeden meiner Zimmernachbarn. Einer von ihnen war es gewesen, der sich an meinem Eigentum vergriffen hatte. Wenn ich nur wüsste, wer! Es war jedoch müßig, sich darüber Gedanken zu machen. Womöglich half mir der Zufall. Überall, wo eine Mülltonne herumstand, schaute ich nach, ob sich nicht meine Papiere darin befanden. Tatsächlich fand ich diese in der Tonne für Küchenabfälle. Man kann sich nicht vorstellen, wie erleichtert ich in diesem Moment gewesen bin. Neue Papiere zu beantragen hätte Monate gedauert und harte Dollars gekostet. Ich fragte beim Küchenpersonal nach, ob sie jemanden gesehen hätten, der an dem Abfallkübel zu tun hatte. Ja, da war jemand, doch wer es war? Darauf hatte man keine Acht gegeben. Alles Nachdenken und Befragen führte zu nichts. Beim besten Willen konnte oder aber wollte sich niemand erinnern. Na, zum Glück hatte ich meine Papiere wieder. Irgendwo und irgendwann musste der Rucksack auftauchen. Ich bat die beiden Männer an der

Pforte, ein Auge darauf zu werfen, ob jemand einen ähnlichen wie den meinen hinaustragen wolle. Beiden gab ich eine detaillierte Beschreibung in der Hoffnung, über den Rucksack an den Rest meines Hab und Gutes zu kommen. Was mich jedoch ungleich mehr interessierte, war die Tatsache, wer diesen dreisten Diebstahl letztendlich begangen hatte. So ein dreckiges Stinktier! Dem wollte ich die Haut vom Leibe ziehen. Zwei Tage nach dem Diebstahl kam einer der Pfortenmänner zu mir und sagte mir, mein Rucksack sei gefunden. Tatsächlich lag er auf dem Pfortentisch. Ich erkannte ihn sofort wieder. Nur die Person, bei der er gefunden wurde, kannte ich nicht. Sie gab sich als Besucherin aus. Hatte ihren Enkel besucht, der hier interniert war. Ihrer Beschreibung nach wusste ich auch gleich, um wen es sich handelte. Ich war enttäuscht, denn der Neffe dieser Frau war ein geistiger Wirrkopf. Hatte das Hirn eines zweijährigen Kindes. Den konnte man für diesen Diebstahl nicht bestrafen. Schade! Dieser, so sagte die Alte, habe ihr den Rucksack als Geschenk übergeben. »Haben Sie sich denn gar nicht gewundert, woher er denn den Rucksack haben könnte?«, wollte ich von ihr wissen. Er bekomme immer etwas von den Leuten geschenkt, meinte sie entrüstet. Ein lieber und ehrlicher Junge sei er. Niemals habe er etwas Unredliches in seinem Leben getan. So rein wie ein kleines Kind sei er. Nur weil er krank sei, würden alle über ihn herfallen. Ja, dies sei ein Grund, warum alle dieses arme Kind verurteilen würden. »Was reden Sie da, ich habe ihn doch gar nicht beschuldigt«, widersprach ich ihr. Sie war es doch, die da behauptete, sie hätte den Rucksack von ihrem Enkel geschenkt bekommen. Damit hatte sie den schwarzen Peter jetzt in der Hand und ich ihren ganzen Zorn herausgefordert. Sie schaute mich abschätzig an und meinte schnippisch, jetzt komme so ein dreckiger Ausländer, ein Brasilianer, daher und wolle dieses liebe Kind einen Dieb nennen und dabei wisse der arme Junge noch nicht einmal, was Geld überhaupt bedeute. Er könne Dollarnoten nicht einmal vom einheimischen Sucre unterscheiden. Eine Dreistigkeit wäre das von mir. Die Polizei solle man holen und mich des Landes verweisen. Ihren Augen sah man an, wie es Klick machte. Entsetzt schluckte sie, was ihr noch auf der Zunge gelegen hatte. Sie hatte sich so hineingesteigert, dass sie in der Hitze des Gefechtes zu weit vorgeprescht war. Jetzt, wo sie es selbst bemerkte, war es schon zu spät. Durch ihr Geschrei war die Oberschwester hellhörig geworden, kam auf die Pforte zu und wollte nun wissen, was da los sei. Warum dieses Geschrei? Ich erklärte der Oberschwester, dass es sich da bei dem auf dem Tische liegenden Rucksack um mein Eigentum handele, das mir vor einigen Tagen mitsamt meinem Bargeld abhandengekommen war. Die beiden Männer der Pforte nickten zustimmend. »Hatten Sie den Diebstahl gemeldet?«, wollte sie wissen. »Ja, natürlich«, gab ich ihr zur Antwort und klärte sie über das Gespräch mit dem Büroangestellten auf. Einer der Pfortenmänner wurde danach von ihr beauftragt, das Diebesgut in die Verwaltung zu bringen. Unterdessen folgten die Oma und ich der Oberschwester bis in den für Besucher bestimmten Aufenthaltsraum. Dort nahmen wir Platz und warteten, während die Frau in Weiß ebenfalls im Verwaltungszimmer verschwand. Gleich darauf wurde die Oma des kindlichen Diebes hineingerufen. Es dauerte eine gute Stunde, dann bekam ich meinen Rucksack, die Gegenstände darin und den von mir als gestohlen gemeldeten Geldbetrag. Vor den Augen der alten Frau und mir nahm die Schwester den Restbetrag und legte ihn in die Verwaltungskasse. »Dieses Geld gehört uns, so lange, bis sich der rechtmäßige Besitzer meldet«, waren ihre endgültigen Worte, dann klappte der Deckel der Kasse ins Schloss. Scheiße, ich hätte mir die Haare einzeln ausreißen können! Jetzt besaß ich gerade die sechshundert DM, etwas mehr als vierhundert US-Dollar und einige Cruzeiros, die aber der Inflation wegen immer weniger Wert besaßen. Das ganze Sparen war umsonst gewesen. Dann die ganzen Strapazen, die ich auf mich genommen hatte, die lange Reisezeit und am Schluss auch noch mein Krankheitszustand, der sich einfach nicht bessern wollte. Ich war deprimiert, absolut niedergeschlagen, am Boden zerstört. Das Schlimme an der ganzen Sache war, dass ich nach einem Monat Aufenthalt im Krankenhaus noch übler dran war als vorher. Ich musste weg von hier. Wenn ich hierbliebe, so meinte die liebe Dame der Refugiados, wäre ich bald tot. Also, darauf wollte ich nicht warten. An einem der nächsten Tage machte ich mich auf den Weg zu einer kleinen Firma, die als Subunternehmen für die Erdölindustrie arbeitete. Ein Bewachungsunternehmen! Sie suchten Leute, die korrekt, selbstständig arbeiteten und die auch Sinn für ein wenig Abenteuer mitbrachten. Den Hinweis, dass diese Firma existierte und Arbeitskräfte rekrutierte, hatte ich von meinem Bettnachbarn, dem Indio, bekommen. Er wiederum war durch das Büro der Refugiados an die besagte Adresse gelangt. In dem Krankenhaus gab es Leute, die gesund genug waren, um auch mal das Areal verlassen zu dürfen. Andere waren für immer und ewig dazu verdammt, hier drinnen zu bleiben. Zu den Ersteren gehörte auch ich, was ich gerade in diesem Falle ausnutzte. Der Mann an der Pforte nickte nur, als ich ihn bat, in die Kirche gehen zu dürfen, da ich eine Kerze anzünden wolle für die vielen Kranken. Anstatt in die Kirche ging ich durch die Altstadt hinunter in Richtung Universität. Dort in der Nähe lag mein Ziel. In einer ruhigen Seitenstraße stand das zweistöckige Haus, in dem sich das Büro der Firma befand. Ich wurde recht freundlich von dem Besitzer der Firma Seguridade empfangen. Er wollte ein wenig meines beruflichen Werdeganges wissen, und als ich ihm von meinem Einsatz auf der Fazenda der Bauers berichtete, war er überzeugt, den richtigen Mann gefunden zu haben. Er sei für drei große, internationale petrochemische Industrien tätig. Die Aufgabe seiner Leute bestehe darin, Bohranlagen, Förderanlagen und Pipelines auf Beschädigungen zu kontrollieren und die zuständigen Reparaturmannschaften an Ort und Stelle zu bringen. Hierzu stünden in verschiedenen Versorgungsdepots entsprechende Fortbewegungsmittel zur Verfügung. Bei den drei Unternehmen handele es sich um eine amerikanische, eine deutsche und als Letztes um eine brasilianische Firma. Keine ecuadorianische und keine peruanische. Meine Tätigkeit wäre hauptsächlich auf die APC abgestimmt. Mein Arbeitsvertrag, aber auch die Bezahlung liefen über die Seguridade, jedoch meine Anweisungen erhielte ich alle über die APC. Darin sah ich keinerlei Probleme, wenn nur der Lohn für die Arbeit stimmte. Doch da müsse ich mir keine Sorgen machen, versicherte er mir, der Lohn sei an amerikanische Verhältnisse angepasst. Na, das hörte sich ja mal ganz gut an. Bei solchen Verhältnissen konnte man sich ja direkt nach hinten lehnen. Während sich mein zukünftiger Chef bemühte, mir die auf mich wartende Arbeit so schmackhaft wie nur möglich zu machen, versuchte ich mich zu erinnern, woher mir der Name so geläufig war. Diese drei Buchstaben hatte ich doch noch vor kurzem gehört? Nun, er würde mich auch hier als eine Art Truppführer einsetzen, was mich auch gehaltsmäßig von den anderen abheben würde. Dieser Unterschied liege bei hundertfünfzig Dollar im Monat, hinzu komme der Grundlohn von weiteren dreihundertfünfzig Dollar. »Ich wusste nicht, dass die Verhältnisse auf dem amerikanischen Arbeitsmarkt so schlecht sind«, warf ich ein, nachdem er mit seinen Ausführungen zu Ende gekommen war. »Wie meinen Sie das?« Ungläubig schaute er mich jetzt an, wie ich dazu komme, seine Darstellung anzuzweifeln. »Nun, ich war immer der Meinung, die Amerikaner behandelten ihre Arbeitnehmer besonders gut, was das Finanzielle anging.« Das hatte gesessen, und schon kam der große Zauberer mit noch einem Kaninchen aus dem Zylinder. Es gebe für jede Schadensmeldung einen extra Bonus, berichtete er mir jetzt. »Wie hoch liegt dieser Bonus?«, wurde ich neugierig. Zurzeit lag dieser bei fünfzig Dollar. Für jeden Einzelnen des Trupps? Nein, natürlich nicht! Das war ja lächerlich gering. Ich musste mir auf meine Zunge beißen und sie im Zaum halten. Noch einige solcher Fragen und freche Antworten, und ich hätte unverrichteter Dinge wieder hoch ins Krankenhaus gehen können. Das wollte ich nicht. Ich musste doch Geld verdienen. So schnell es ginge, wollte ich nach Hause zu Brigitte. Es war mit meinem neuen Arbeitgeber eine direkte Auszahlung vereinbart. Nicht über die Bank, sondern cash auf die Hand. Ich war am Ende angestellt und hatte Arbeit. War Mitarbeiter der APC. Jetzt ging es mir wieder ein wenig besser. Mein Weg führte bei den Refugiados vorbei, und ich berichtete, welches unerwartete Glück mir geschehen sei und dass ich in zwei Tagen nach Ecuador Oriental fuhr. Zwei Tage später, genau wie angekündigt, stand ich wieder vor dem Schalterfenster der Refugiados und verabschiedete mich. Dann ging ich, kaufte ein Ticket nach Coca am Rio Napo gelegen. Das Geld für die Reise hatte mir der Chef ausgezahlt. Für die Überland- und für die Flussfahrt. Nach einer Tasse Kaffee stieg ich erwartungsvoll in den Bus, der mich in das nächste Abenteuer meines Lebens bringen sollte. Von Quito bis Coca waren es mehr als dreihundert Kilometer, fast dreihundertfünfzig. Der Weg führte an Lago Agrio vorbei in östlicher Richtung und dann scharf in den Süden. Ich war morgens aus Quito weggefahren und kam jetzt am späten Nachmittag dort an. Schuld daran war ein Erdrutsch, der den Weg versperrte und erst geräumt werden musste. Auch sonst waren die Wegverhältnisse miserabel. Irgendwann lagen die Sand- und Gebirgslandschaften endgültig hinter mir. Jetzt umgab mich üppig grüne Natur. Was für ein Unterschied! In Coca suchte ich mir in der einzigen Absteige des Ortes ein Zimmer für die Nacht. Danach ging ich etwas essen. Fisch – am selbigen Morgen noch aus dem Fluss gefischt, lag das prächtige

Ding vor mir auf dem Teller. Mehliert, gebraten, mit Reis, Bohnen und Xuxu, als Salat angemacht. Ein leichtes Essen, gerade recht für die Nacht, doch nichts für einen ausgestandenen Mann, der halb verhungert daherkam. Aber was soll's, es gab nichts weiter. Höchstens noch eine weitere Portion Reis mit Bohnen, offerierte mir die Bedienung lächelnd. Nein danke, ich war zufrieden mit dem, was ich auf dem Teller hatte. Eine kleine Portion Maniokmehl vielleicht. Das füllte den Magen. Dazu ließ ich mir ein Bier schmecken. Danach noch ein zweites, und dann ging ich zufrieden in mein Bett. Wieder eine Nacht, in der ich himmlisch schlief, trotz der Neonröhre unter meinem Fenster. Ich hatte mein Zimmer verschließen können und mit einem Stuhl unter der Türklinke versperrt. Das war auf alle Fälle sicher. Ein unerwarteter Besuch konnte so nicht stattfinden. Am nächsten Morgen saß ich schon sehr früh in einer pena und trank meinen Kaffee. Später ging ich dann hinab zum Fluss, wo in der Nähe des Ufers ein größeres Boot lag, eines dieser am Amazonas üblichen Gaiolas.

Pipeline-Sabotage

A Liberdade« hieß das Boot, mit dem ich den Rio Napo hinabfahren sollte, über Tiputini nach Nuevo Rocafuerte bis Pantoja. Etwa zwanzig Kilometer vor Pantoja lag mein Endziel und zwar das Campo dos Conquistatores. Da sollte ich mich beim Lagerverwalter, einem Joe Morresby, melden. Ich solle dem Kapitän des Schiffes gleich bei Antritt der Reise Bescheid geben, damit dieser an richtiger Stelle halten und mich an Land bringen könne. Ich tat, wie mir aufgetragen. Ließ mich in der Passagierliste eintragen und fragte nach dem Kapitän. Der Matrose, der die Schiffsliste führte, deutete auf einen kleinen dicklichen Mann, der eine alte, verwitterte schwarze Hose und ein dreckiges, verschwitztes Unterhemd trug, das zudem noch zerrissen war. Erst glaubte ich mich vertan zu haben, doch der Matrose bemerkte mein Zögern und nickte mir aufmunternd zu. Dieser kleine, dreckige Fettsack sollte wirklich der Kapitän sein? Kaum zu glauben. Zudem machte er ein Gesicht wie eine Bulldogge. »Sind Sie der Kapitän dieses schönen Dampfers?«, fragte ich ihn. Eigentlich hatte ich nicht damit gerechnet, ihn zu erzürnen. Aber genau dies hatte ich mit meiner Frage erreicht. »Sehe ich vielleicht aus wie ein Kapitän?«, schrie er mich an. Seine Augen blitzten mich böse an, und in gleicher Lautstärke fragte er: »Und sehen Sie hier einen schönen Dampfer, he?« »Zu Frage eins lautet meine Antwort Nein, zu Frage zwei lautet meine Antwort Ja!« Ich drehte mich um, ließ dieses fette, dumme Arschloch stehen und ignorierte ihn von nun an gänzlich. Zu dem Matrosen sagte ich, ich wolle nur bis zum Campo dos Conquistatores mitfahren. Ob es für mich da eine Möglichkeit gebe, an Land zu kommen. »Zurzeit nur schwimmend«, meinte dieser. Ja, aber ich müsste dort an Land gehen, beharrte ich. »So, wie unser Kapitän gerade drauf ist, wirft er Sie glatt ins Wasser, wenn Sie ihm jetzt damit kommen.« Auf die Frage, was denn mit ihm los sei, zog der Gefragte die Schultern hoch, schaute auf seine Füße und wisperte mir zu: »Seine Alte ist mal wieder fremdgegangen.« Dann verzog er sein Gesicht zu einem breiten, hämischen Grinsen, dabei jedoch seinen Kapitän nicht aus den Augen lassend. »Na, kein Wunder, wenn er verärgert ist, es würde mir wohl genauso ergehen, wäre ich an seiner Stelle.« Auf diesen meinen Einwand hin verschwand das Lächeln aus dem Gesicht meines Gegenübers. Er hatte wohl nicht erwartet, dass ich Mitleid mit diesem ungehobelten Klotz haben würde. Betreten schaute er jetzt zu Boden, dann schien er froh, als eine Gruppe Mitreisender über den hölzernen Steg daherkam. Allesamt amerikanische Touristen, wie man schon unschwer an deren Kleidung feststellen konnte. Bunt, bunter ging es auch nicht mehr. Die Männer mit großen Hüten, die Frauen mit Hüten und überdimensionalen Sonnenbrillen auf ihren gepuderten und geschminkten Nasen. An den Füßen trugen sie die für amerikanische Touristen obligatorischen Ringelsocken und natürlich die einfach nicht wegzudenkenden Sandalen. Die käsig weißen Beine steckten in Shorts aller Farbmischungen. Giftgrün bis hin zu Pink, dazu die knalligen Hawaiihemden. Alle kauten sie Kaugummi oder aber es hörte sich so an, wenn sie sich lautstark miteinander unterhielten. Eine ausgelassene, fröhliche Truppe war das, die jetzt die Aufmerksamkeit des Matrosen in Anspruch nahm. Na, diese Reise konnte noch recht unterhaltsam werden. Da ich als Billigpassagier unterwegs war, bekam ich eine Hängematte von einem weiteren Besatzungsmitglied überreicht und suchte mir sofort einen freien Außenplatz gleich neben der Reling. Je früher man kam, umso sicherer war es, einen gelüfteten Schlafplatz zu finden. Wer zu spät kam, musste sich mit einem Innenplatz zufriedengeben. Dies aber hieß schwitzen, denn da gab es so gut wie keinen erfrischenden Luftzug. Nachdem ich meine Papiere und mein Geld in den Hosentaschen verstaut und meinen Rucksack demonstrativ auf die Hängematte als Besetztzeichen gelegt hatte, trat ich an die Reling und schaute dem Be- und Entladen des Schiffes zu. Das war eine interessante Sache! So was sah man nicht alle Tage. Zu diesem Zweck hatte man einige Holzplanken bis an die Bordkante der Gaiola gelegt, auf denen nun meist schwarze Männer die Lasten auf den Schultern an Land trugen. Wie zur Zeit der Sklavenhaltung. Immer im Laufschritt! Einer raus, einer rein. Das Einzige, was ich vermisste, war der weiße Mann mit der knallenden Peitsche. Man konnte gar nicht glauben, was da alles im Bauch dieses Schiffes lag. An Land stapelten sich Säcke mit Zement, Kautschuk, Nüssen, Reis, Fahrräder und Maschinenteile. Auch ein Motorrad war ausgeladen worden und stand noch herrenlos herum. Als dann nach mehreren Stunden alles an Land gebracht war, wurde nun umgekehrt ein bereits an Land gestapelter Berg von Säcken, Körben und Kisten aller Art in das

Schiff verladen. Die Männer, die den Dampfer ausgeladen hatten, waren gegen eine neue, ausgeruhte und frische Mannschaft ausgetauscht worden. Die anderen hatten nun Zeit, sich zu erholen, denn schon lag ein weiterer Dampfer auf Reede und wartete darauf anzulegen, um entladen und beladen zu werden. Anderen Menschen beim Arbeiten zuzuschauen macht müde! Auch mir erging es jetzt so, daher legte ich mich gegen Mittag auf meine Hängematte und döste vor mich hin. Da ich ungestört war, ließ ich meine Gedanken davonfliegen. Ich malte mir im Stillen aus, was wohl Brigitte sagen würde, wenn sie wüsste, wo ich mich befand und was ich hier zu tun hatte. Ach, wenn ich nur wüsste, wie lange diese meine Odyssee noch dauern sollte! Es war schon so lange her, dass ich ihr geschrieben und meine Heimkehr angekündigt hatte. Es wäre ihr nicht zu verdenken, wenn sie den Glauben daran verloren hätte. Ich muss im Nachhinein gestehen, ein Riesenrindvieh gewesen zu sein. Hätte ich das damals vom Honorarkonsul in Blumenau versprochene Flugticket angenommen, ich wäre schon lange zu Hause gewesen. Mir wäre so viel Unangenehmes erspart geblieben, und die Ausgaben für den Nachhause-Flug wären längst bezahlt gewesen. Zudem hätte ich für Brigitte eine Hilfe sein können in ihrer gesundheitlichen Situation. Hätte ihr zur Hand gehen können. Den Hausputz erledigen, uns gemeinsam etwas Leckeres zu essen machen können, die Abendstunden mit ihr gemeinsam auf dem Sofa kuscheln können. Die Winterabende vor dem Fernseher und die Sommerabende im Strandbad verbracht. Hin und wieder wären wir zum Essen ausgegangen. Beim Griechen, ein anderes

Mal beim Italiener oder beim Spanier. Zum Fischessen beim Türken in den H-Quadraten. Aber was tat ich? Ich hing hier im Urwald herum und kontrollierte irgendwelche Pipelines einer amerikanischen Ölfirma. Und da fiel mir auch wieder ein, woher ich diese Firma APC kannte. Es war die Firma, die im Staate Mato Grosso die wohl größte Rinderfarm betrieb, bei der mein Bekannter Carlos der Chef war. Bei diesem Gedanken schlief ich ein und wurde nach dem alltäglichen Regenguss von einem Besatzungsmitglied zum Abendessen geweckt. Wie ich jetzt feststellte, hingen überall kreuz und quer Hängematten herum. Die meisten der während meines Schlafes zugestiegenen Passagiere aßen in ihren Hängematten sitzend. Es gab außer dem obligatorischen Reis und den Bohnen gebratene Geflügelstücke. Hierzu war nicht unbedingt Besteck notwendig. Ein Suppenlöffel tat es auch! Die Geflügelstücke aß man aus der Hand. In diesem Falle verhielt ich mich wie die Einheimischen, nur eines, das machte ich nicht. Ich warf die abgenagten Knochen nicht wie meine Mitreisenden einfach auf den Boden. Dies ist eine Unsitte, die ich in ganz Lateinamerika beobachtet hatte. Für mich war dies recht unappetitlich anzusehen. Außerdem hatte man den Dreck an den Schuhen hängen, mit denen man anschließend in der Hängematte lag. Meine Schuhe wollte ich nicht bei meinem Untermann deponieren, wer weiß, was ich am nächsten Morgen darin vorfinden würde? Da ich einen ausgedehnten Nachmittagsschlaf gehalten hatte, hielt ich mich an der Reling des Schiffes gleich neben meiner Schlafstatt auf und betrachtete die dunkle Silhouette des an unserem Dampfer vorbeihuschenden Ufers. Es war eine mondhelle Nacht. Die silberne Scheibe verlor sich in den Wellen des Rio Napo. Der Himmel war übersät mit blinkenden Sternen, die aussahen wie Tausende und Abertausende geschliffener Diamanten. Ein grandioses Schauspiel, das sich mir da bot. Kein noch so bekannter Dramaturg konnte ein solches inszenieren. Dazu war nur ein wahrer Meister imstande. Eben der liebe Gott! Der Dieselmotor des Schiffes röhrte durch die Nacht und schluckte das traurige Lied vom ewigen Leben und Sterben da draußen in der allgegenwärtigen Natur. Auch dies gehörte mit zur Inszenierung des großen Meisters aller Dinge. Wie ich so dastand und überwältigt war von allem, wusste ich noch nicht, wie oft ich dieses Bild noch sehen sollte. Lange, sehr lange stand ich gemeinsam mit anderen Mitreisenden und war fasziniert von dem Anblick, wie auch sie es waren. Wenn nur nicht die vielen Moskitos umhergesummt wären! Die Amerikaner tranken Dosenbier und wurden von geleerter Dose zu Dose immer lebenslustiger. Sie waren in den wenigen Kajüten, die das Schiff besaß, einquartiert worden. Kostete sie aber auch eine Stange Geld, welches mir dafür zu schade schien. Wohl war es darin erdrückend heiß. Daher machten sie auch keinerlei Anstalten, diese Behausung aufzusuchen. Als ich mich in meine Hängematte zurückzog, kamen sie gerade auf dem Höhepunkt ihrer Ausgelassenheit an. Dafür war ihre Stimmung am nächsten Morgen entsprechend gedämpft. Dem einen oder anderen von ihnen spielte jetzt der Wellengang mit. Der Dampfer schlingerte und stampfte voran, hob und senkte sich. So, jetzt wurde es auch langsam Zeit, mit dem Kapitän über meine Ausschiffung zu reden. Nach dem Frühstück wollte ich es tun. Doch bevor es dazu kam, begegnete ich dem Matrosen, der mich in die Passagierliste aufgenommen hatte. »Ich habe mit dem comandante gesprochen und ihm gesagt, Sie wollen uns hier verlassen«, eröffnete er mir. »Und?«, wollte ich wissen. »Geht klar«, antwortete er, »keine Angst also, Sie müssen nicht schwimmen«, und ging eiligen Schrittes an mir vorbei, zur Kombüse hin, um sich einen Pott Kaffee zu holen. Na also, warum nicht gleich so? Somit musste ich mich nicht mit diesem gehörnten Ehemann, diesem Fettsack, auseinandersetzen. Die Frage, wer hier letztendlich schwimmen gegangen wäre, ließ ich unbeantwortet im Raume stehen. Gut eine halbe Stunde später lag der Dampfer »A Liberdade« auch schon am Ufer vor dem Campo dos Conquistatores, meinem zukünftigen Wohn- und Arbeitsplatz. Kaum hatte ich meinen Fuß an Land gesetzt, ertönte von Bord der Gaiola ein lautes Hupsignal. Eine Art Wiedersehensgruß, und sie nahm wieder Fahrt auf Richtung peruanische Grenze und dann weiter bis Manaus am Amazonas. Einige der Passagiere, darunter auch alle Mitglieder der Yankees, standen oben an der Reling und schauten herüber. Bei dem einen oder anderen sah man trotz der frühen Morgenstunde bereits wieder Bierdosen in der Hand. Das waren die ganz Hartgesottenen. Unentwegt blitzten die Fotoapparate auf und bannten diese amerikanische Niederlassung auf Zelluloid. Zwei oder drei kleine Kinder, die sich unter diese fröhliche, ausgelassene Gruppe gemischt hatten, winkten mir zum Abschied zu, bis ich aus ihrem Blickfeld verschwand. Mit meinem Rucksack am langen Arm stieg ich die Böschung vom Flussufer hinauf zum Lager hin. Ich muss sagen, ich war überrascht, hatte ich doch eine Art Zeltlager oder ähnlich Primitives erwartet. Doch was ich jetzt zu sehen bekam, war alles andere als eine provisorische Niederlassung. Mehrere Wohnhäuser und Bürogebäude inmitten einer Art Parklandschaft erwarteten mich. Sämtliche Gebäude waren aus Holzbrettern gezimmert und mit weißer Farbe gestrichen. Die Türen und Fenster hoben sich in Grün vom Untergrund ab. Die Dächer waren mit Dachpappe eingedeckt. Es gab einen Wohnbereich, der durch eine Tafel davor gekennzeichnet war. Vor einem offenen quadratischen Rasenplatz wies ein Schild darauf hin, dass es sich bei diesen Gebäuden um die Büros handelte. Auf diesem Platz davor erhoben sich drei Fahnenmasten in den blauen Himmel. Zu erkennen waren die amerikanische und die ecuadorianische Nationalflagge, aber auch das firmeneigene Banner. Ging man die Straße weiter, so kam man in den Motorpool. Dort befanden sich mehrere Fahrzeughallen, eine Werkstatt, ein Tanklager mit Zapfstelle und ein Gebäude, in dem mehrere Stromaggregate liefen. Ein weiteres Schild zeigte den Weg in die Kantine und zur Lagerküche hin. Alles machte einen guten, sauberen Eindruck. Wenige Leute waren hier draußen zu sehen. Sie grüßten, indem sie lässig die Hand hoben, doch wollte keiner von mir wissen, was mich hierhertrieb. Das änderte sich, als ich den Fuß in das Hauptbüro setzte. Kaum war ich durch die Tür eingetreten, kam ein junger Mann auf mich zu und wollte von mir wissen, was ich wünschte. Ich solle mich bei Senhor Morresby melden, antwortete ich ihm. Ob ich der neue Mann sei, den die Firma Seguridade angemeldet habe, wollte er wissen. Als ich seine Frage bejaht hatte, forderte er mich auf, ihm ins Büro des Chefs zu folgen, wo er mich bei einem fast zwei Meter großen Riesen anmeldete. Dieser saß hinter einem schweren Schreibtisch aus dunklem Edelholz. Der Mann dort war ein Amerikaner, dies sah man auch ohne Brille. Wie ich an einer kleinen Namenstafel, vor der Tischkante stehend, ersehen konnte, gleichzeitig mein neuer Vorgesetzter. Er stellte sich nur mit seinem Vornamen vor. Ich tat es ihm gleich. Er wollte von mir wissen, wie ich zur Firma Seguridade gekommen sei, dann interessierte ihn, welche Vorkenntnisse ich auf dem Gebiet der Bewachung hätte. Ob ich Militärdienst geleistet hätte? Als er erfuhr, dass ich meinen Militärdienst bei der Bundeswehr in Mannheim geleistet hatte, sprang er aus seinem Ledersessel empor und kam mit zwei, drei Sätzen um den Schreibtisch herum mit ausgebreiteten Armen auf mich zu. Sein eben noch stoisch zu nennender Gesichtsausdruck war einem freundlichen Grinsen gewichen. Fast hätte er mir mit der Zigarre, die er im Mundwinkel behielt, das rechte Auge ausgebrannt. Hatte er eben noch auf Spanisch mit mir kommuniziert, so wechselte er jetzt auf Deutsch. Auch er war in Deutschland stationiert gewesen. In Kaiserslautern hatte er einige Jahre im Nachschubdepot gedient, bis man ihn nach Vietnam abkommandiert habe, wo er diese Schlitzaugen das Fürchten lehrte. Ich wollte mir die Freundschaft zu diesem Menschen nicht gleich am ersten Tag verderben, aus diesem Grunde schluckte ich die Bemerkung, die Furcht sei so groß gewesen, dass ihm diese Schlitzaugen dafür am Ende den Arsch aufgerissen hätten. Seinen Job hier hätte er der Tatsache zu verdanken, dass er ganz allein fast ein Regiment von diesen gelben Zwergen aufgerieben hätte. Ich tat so, als glaubte ich ihm jedes einzelne Wort, und machte vor Staunen meinen Mund nicht mehr zu, dabei dachte ich, einen Nachkommen von Münchhausen vor mir zu haben. Was er jedoch im Vietnamkrieg nicht getan hatte, er war nicht auf der Kanonenkugel nach Hause geritten. Fast hätte man meinen können, nicht die Vietnamesen hätten den Krieg gewonnen, sondern die Vereinigten Staaten wären die glorreichen Sieger gewesen. Na ja, mir darüber den Kopf zu zerbrechen hätte mir auch nichts gebracht. Von mir aus sollte Joe weiter sein Heldendasein fristen. Es ist eben nicht leicht, auf der Verliererseite zu stehen, aber sonst schien dieser Joe Morresby ein umgänglicher Typ zu sein. Wie gesagt, war er eine nicht zu übersehende Gestalt. Zur Körpergröße kam eine recht ausladende Schulterbreite hinzu. Das Gesicht war kantig. Seine Hände hatten die Ausmaße von Kohleschaufeln. Kurz gesagt, war er ein muskelbepackter Kleiderschrank. Gekrönt wurde das Ganze durch einen vollen rotblonden Haarschopf und ein Paar blaue, sanft schauende Augen. Letztere gaben ihm ein gutmütiges Aussehen. Ob er wirklich so sanft und gutmütig war, musste ich noch herausfinden. Dazu sollte ich noch genug Zeit haben. Wir unterhielten uns über seinen Aufenthalt in der Pfalz und Dinge, an die er sich gerne erinnerte und mit denen er Deutschland in Verbindung brachte. Oh, da gab es so vieles, was er nie vergessen könne. Besonders die deutschen Frauen. Die blieben ihm wohl für immer in Erinnerung, besonders weil er seine Frau Ursula dort kennengelernt hatte. Er selbst war Amerikaner mit weitgehend skandinavischen Vorfahren. Daher waren wohl seine rotblonden Haare zu erklären. »Das ist ja fantastisch«, brüllte er und schlug sich dabei auf die Oberschenkel, »hier im Urwald einen Waffenbruder zu treffen!« Nach einem Blick auf seine Armbanduhr hatte er es eilig. »Komm, ich stelle dir Ursula vor, die wird sich aber freuen!« Mit Riesenschritten ging er voraus, und ich hatte Mühe, ihm zu folgen. Er steuerte zielbewusst die Kantinenbaracke an, und da es Mittagszeit war, kam uns schon von weitem ein appetitanregender Geruch entgegen. In der Kantine standen bereits mehr als zwanzig halbverhungerte Männer herum und warteten mit den Tellern in der Hand darauf, dass diese an der Essensausgabe gefüllt wurden. Mein anfänglicher Eindruck, hier im Lager befänden sich nur Männer, erwies sich als falsch. Allein im Küchenbereich konnte ich an die fünf Frauen zählen. Joes Frau Ursula war nicht zu übersehen. Sie war die einzige Blondine, darüber hinaus maß sie gute einen Meter achtzig. Joe ging an der Reihe wartender Männer vorbei zum Schalter hin. Laut hallte seine Stimme durch den Raum: »Ursele, Ursele, stell dir vor, dieser Kerl kommt aus deiner Heimat!«, dabei griff er nach meinem Oberarm und schob mich zur Küchentür hinein. Er überhörte das vielstimmige Murren aus den hungrigen Mündern der wartenden Männer. »Das ist Benno, unser neuer Mitarbeiter«, stellte er mich seiner Frau auf Deutsch und dann den anderen auf Spanisch vor, während Ursula meine Hand zum Gruß drückte. »Wir unterhalten uns später, wenn die Raubtiere gefüttert sind«, sagte sie mit Blick zu den Mitarbeitern hin.

»Ja, okay.« Dann stellte sich Joe mit mir am Ende der Warteschlange an. Wir ließen uns unsere Teller füllen. Außer Reis und Bohnen, die nie fehlen dürfen, gab es Pommes frites, Salate aus der Kühltheke und für jeden ein halbes Hähnchen. Kein gebratenes Täubchen, wie sonst üblich, sondern eine wirkliche Portion Geflügel. Bei einer solchen Verpflegung würde es nicht lange dauern und ich käme wieder auf mein altes Kampfgewicht, dachte ich bei mir, während ich zulangte. Wie ich jedoch bald feststellen sollte, war eine solche Verpflegung vonnöten. Im Einsatz draußen an den zu sichernden Objekten gab es keine üppigen Mahlzeiten, da ging es recht spartanisch zu. Kein Wunder also, wenn die Leute die Gelegenheit nutzten und sich hier im Lager den Magen vollschlugen. Als wir gegessen hatten und ich mit Joe und Ursula einen Kaffee trank, hatten wir Gelegenheit, uns ein wenig zu unterhalten. Ursula war ein echtes Pfälzer Mädel, offen, ehrlich und freundlich. Irgendwann drängte dann Joe, die Unterhaltung später fortzusetzen, da er mir das Lager zeigen und auch ein wenig über die mir bevorstehende Aufgabe sprechen wolle. Es standen einige Geländefahrzeuge zur Verfügung, aber diese konnten nicht immer und überall zum Einsatz kommen. Am Flussufer lagen außerdem zwei größere, gepanzerte Flussboote und ein halbes Dutzend größere und kleinere Kanus, wie sie hier in der Gegend üblich waren. Meine Aufgabe bestünde darin, mit einem Trupp, der sich üblicherweise aus drei Männern zusammensetzte, einen festgelegten Abschnitt zu kontrollieren. So hatte jeder Trupp einen festgelegten Abschnitt mit den darin befindlichen Einrichtungen auf Sabotageakte zu kontrollieren. Da die Pipelines und Pumpanlagen, für die wir hier in diesem Abschnitt verantwortlich waren, der Einfachheit halber flussabwärts fast immer in der Nähe des Ufers lagen, hatten wir mehr Bootseinsätze. Der von hier nördlichere und westlichere Teil war einigermaßen gut mit dem Geländewagen zu kontrollieren, ein kleinerer Abschnitt zu Fuß und der über die Grenze von Peru verlaufende, längere Abschnitt war mit den Booten zu bewältigen. Früher verlief die Hauptrichtung der Pipeline über die Anden bis nach Esmeraldas. Doch wegen der häufigen Erdbeben und Erdrutsche in dieser Gegend war eine zweite Transportrichtung eingerichtet worden. Am Anfang, so meinte Joe, solle ich erst mal mit einem Trupp den Rio Napo hinunterfahren und mir von den Leuten zeigen lassen, worauf es ankam. Ich solle auf mich achtgeben, legte er mir ans Herz. Die Arbeit sei nicht ohne Risiko. »Wieso?« Von einem besonderen Risiko hatte niemand bisher gesprochen. Daher meine berechtigte Frage nach Art und Auswirkung eines Risikos. »Hat man dir nicht erzählt, was dich hier erwartet?«, wollte Joe wissen und sah mich dabei ungläubig an. »Nein«, antwortete ich kurz und wahrheitsgetreu. Joe schüttelte ungläubig den Kopf. »Die wussten schon, warum!« Umständlich zündete er sich die schon lang erloschene Zigarre wieder an, zog paffend mehrere Male, um den Kolben richtig in Brand zu setzen, und kontrollierte umständlich die rote Glut. Dabei schien es, als suche er die richtigen Worte. Dann endlich begann er mir reinen Wein einzuschenken über das, was mich hier bei meiner Tätigkeit erwarten sollte. Von Joe erfuhr ich, dass die hier operierenden Erdöl fördernden Unternehmen den gesetzesfreien Raum für sich ausgenutzt und ihre Bohrungen auch auf Privatgelände niedergebracht hatten. Ebenso waren sie bei der Einrichtung von Pumpstationen vorgegangen. Dieses brutale Vorgehen habe natürlich den Widerstand der nachträglich enteigneten Landbesitzer zur Folge gehabt. Da die Bohr- und Pumpstationen selbst unter stärkster Bewachung standen, versuchten die betrogenen und bestohlenen Landbesitzer nun diese Unternehmen durch Sabotage an den Pipelines zu schädigen. Denn diese zogen sich über Zigtausende von Meilen durch unbewohntes, schwer zugängliches Urwaldland. Für die Bewachung und den Schutz sei die Firma Seguridade in Quito zuständig, von der ich letztendlich kontaktiert worden sei. Das mir bei meinem Vorstellungsgespräch vorenthaltene Risiko lag darin, dass die meist indigene Bevölkerung für Störungen verantwortlich sei und sich auch mit Gewalt zur Wehr setzte. Joe räumte ein, dass er diese Menschen zwar verstehen könne und genauso handeln würde, doch sei er kein Indio, sondern für seine Companie verantwortlich. Mit anderen Worten sollte ich wissen, dass ich mich hier nicht auf einer Grillfehde befinde. Na, das war ja beruhigend zu wissen. Hatte ich doch bis zu diesem Augenblick geglaubt, hier ginge es nur um Diebstahl und die damit verbundene Zerstörung von Maschinenteilen und sonstigem Zubehör. Aber von Mord und Totschlag hatte ich keine Ahnung. Nun, jetzt war ich ja aufgeklärt, aber was nutzte es mir nun? Ich war jetzt hier und konnte nicht wieder zurück. Hatte kein ausreichendes Kapital mehr für eine Heimfahrt. Mit jedem Tag ohne Zuverdienst würde es nur noch weniger werden. Wieder musste ich in einen sauren Apfel beißen und bleiben. Die Sache angehen und jeden Dollar auf die hohe Kante legen. Doch dieses Mal würde ich mich auf keinerlei Abenteuer mehr einlassen. Sobald ich genug Geld zusammenhatte, wollte ich mir ein Flugticket nach Deutschland kaufen. Nun, von meinem neuen Arbeitgeber war ich besonders enttäuscht. Er war unehrlich, nicht aufrichtig. Hier, wo das Wort eines Mannes mehr galt als jeder Vertrag, war man auf Ehrlichkeit angewiesen. Kein Wunder also, wenn so viele Unstimmigkeiten mit der Waffe aus der Welt geschafft werden. Jetzt kam also noch die Sorge um meinen monatlichen Verdienst hinzu, den ich in einer Lohntüte empfangen wollte. Darauf sprach ich Joe an, der mir versprach, sich etwas einfallen zu lassen. Nachdem ich ihm versichert hatte, dass ich bleiben und das Beste aus der Sache machen würde, schlug er mir auf die Schulter, ergriff meine Hand und hieß mich willkommen. Es war bereits Zeit, um den Nachmittagskaffee zu trinken, als ich meine mir zugewiesene Bude in einer der Baracken bezog. In einer Stunde wollte ich mich mit Joe in der Kantine zum Kaffee treffen. Das gab mir genug Zeit, um mich in meinem neuen Zuhause etwas umzusehen. Der Raum hatte die Ausmaße von vier auf drei Metern. Dunkelbrauner Boden, lindgrüne Wände und eine weiße Zimmerdecke. Gegenüber der Eingangstür befand sich ein großes Fenster, das den Blick hinaus auf eine gepflegte Rasenfläche freigab und das Zimmer aufhellte. Eingerichtet war der Raum für die hiesige Gegend mehr als freundlich und zugleich sehr geschmackvoll. Man fühlte sich wie in einem Hotel. Seitlich der Eingangstür stand das Bett mit einem Nachttisch, dem gegenüber der

Kleiderschrank, dann zum Fenster hin ein Schreibtisch mit zwei gepolsterten Stühlen, und auf der anderen Seite stand ein gemütlicher Ohrensessel. Schnell hatte ich meine Habseligkeiten in dem geräumigen Schrank untergebracht. Wie beim Militär alles säuberlich gefaltet. Ein letzter kontrollierender Blick, dann war ich zufrieden. Danach ging ich auf den Flur hinaus und suchte nach Bad und Toilette. Alles angenehm sauber und aufgeräumt, was mich dazu animierte, sofort ein ausgiebiges Duschbad zu nehmen. Rasiert und mit ein wenig Deodorant versehen, in frischen Klamotten ging ich wie verabredet in die Kantine, um mich mit Joe und seiner Frau Ursula zum Nachmittagskaffee zu treffen. Am Abend wollte mich Joe mit einigen Leuten bekanntmachen, die eine führende Position im Lager einnahmen. Dazu wollten wir uns nach dem Abendessen in der Bar treffen. Ja, es gab sogar eine Bar hier im Lager, was für ein Luxus! Man sollte es nicht glauben. Bis dahin solle ich mir die Zeit damit vertreiben, das Lager kennenzulernen. Bis dann! Ich ging auf Joes Vorschlag, mir das Lager anzuschauen, ein. Die beiden waren angenehme Zeitgenossen, mit denen man gut auskommen konnte. Hatten das richtige Handling, um mit ihren Leuten umzugehen, das hatte ich gerade bei Ursula gesehen. Sie führte das weibliche Personal im Lager an, während Joe für die Männer verantwortlich war. Hier war alles sauber aufgeräumt und gepflegt. Überall zwischen den Gebäuden dehnten sich Rasenflächen aus, die von geschmackvollen Blumenarrangements unterbrochen waren. Da und dort erhoben sich auch einzelne Bäume und Sträucher. Was auch hier nicht fehlte, war ein großer gemauerter Grill, um den auch Bänke und Tische standen. Genau wie ich sie in den amerikanischen Kasernen in Deutschland immer wieder gesehen hatte. Man konnte sehen, dass dieses Lager von einem Amerikaner und dazu einem ehemaligen GI geführt wurde. Auf meinem Rundgang kam ich auch an einer Krankenstation vorbei. Nach den Erzählungen von Joe war ich interessiert, ob sich jemand stationär darin befand, und so trat ich ein. Eine junge Frau empfing mich in dem ansonsten verwaisten Raum, einem Behandlungszimmer, wie ich anhand der Einrichtung sehen konnte. Außer den lindgrünen Wänden war ansonsten alles in Weiß gehalten. Sauber und steril. »Hola«, grüßte ich die Frau, die in einer einwandfreien, weißen Uniform hinter einem Schreibtisch saß und ein Romanheft in der Hand hielt, das sie jetzt schnell zur Seite legte. Sie erwiderte meinen Gruß mit einem breiten Lächeln. Was sie für mich tun könne, wollte sie wissen. Ihre schönen weißen Zähne hoben sich ab von dem Dunkel ihrer Haut. Ihr breiter Mund wurde von einem Paar dicker Lippen umrahmt. Die blütenweiße Bluse schien ihr um einige Nummern zu klein zu sein, und ich hatte den Eindruck, dass die Knöpfe beim nächsten Atemzug davonfliegen würden und die herrliche Pracht darunter von meinen Händen aufgefangen werden müsste. Ich erklärte ihr, dass ich ein neuer Mitarbeiter sei und mich noch ein wenig umschaue. Dabei hatte ich wohl meine Augen zu lange in ihrem tiefen Dekolletee vergraben, denn mit einem Lächeln knöpfte sie den untersten Knopf zu. »Oh«, sagte ich ihr, »lassen Sie den Knopf auf, denn letzten Endes soll man doch zeigen, was man Schönes hat.« Jetzt hatte ich sie aus der Fassung gebracht. Es war ihr anzusehen, wie sie sich ihr hübsches Köpfchen darüber zerbrach, ob sie den Knopf wieder öffnen sollte oder nicht. »Haben Sie zurzeit irgendwelche Patienten im Haus?«, erkundigte ich mich bei ihr. Damit wollte ich ihr die Möglichkeit geben, zu ihrer gewohnten Sicherheit zurückzufinden. Mit einem großen Fragezeichen auf ihrer Stirn schüttelte sie ihr Köpfchen. »Nein.« Ich wusste, sie war mir meiner Bemerkung wegen nicht böse gewesen, im Gegenteil. Jetzt war sie eher enttäuscht, weil ich aufgehört hatte, ihr zu schmeicheln. »Welches sind die hier am meisten vorkommenden Verletzungen?« »Meist nur Kleinigkeiten«, beantwortete sie meine Frage. Dann zählte sie mir Belanglosigkeiten auf, mit denen sie sich hier befassen musste. Ganz selten gab es wirklich etwas für sie zu tun. Bei schlimmeren Vorkommnissen wurde der Hubschrauber bestellt, und der Patient wurde nach Quito ausgeflogen. »Kam das oft vor, dass der Hubschrauber angefordert werden musste?«, wollte ich zum Abschluss von ihr wissen. »Na, einmal im Monat schon«, während sie sprach, beugte ich mich nach vorne über den Schreibtisch, sie fest im Blick, und knöpfte ihre Bluse wieder auf. Ich blinzelte ihr zu, während sie damit beschäftigt war, sich wieder zu fangen. »Hübsches Ding«, dachte ich bei mir, als ich meinen Gang durch das Lagerareal fortsetzte. Das Karbolmäuschen hatte erzählt, dass mindestens einmal im Monat ein Hubschrauber angefordert werden müsse. Also, nahm ich an, musste es pro Monat einen schwerer Verletzten hier geben. Welcher Art diese Verletzungen waren, darüber wollte ich mich zu einem späteren Zeitpunkt bei ihr erkundigen. Meine Augen hielten jetzt erst mal nach einem Hubschrauberlandeplatz Ausschau. So wie Joe das Lager führte, gab es ohne Zweifel einen solchen. Genau wie ich es mir gedacht hatte, befand sich ein solcher hinter dem Motorpool. Eine große Rasenfläche, von mehreren in den Boden eingelassenen Scheinwerfern umgeben. Seitlich dieser Landefläche erhob sich ein Mast, an dessen Top sich ein Windsack befand. Im Laufe meines Spazierganges traf ich auf den einen oder anderen Lagerinsassen. Unten am Fluss bestieg ich neugierig eines der gepanzerten Boote, welches aussah wie ein kleines Torpedoboot. Natürlich besaß es keine Vorrichtung für Torpedos, aber es war ausgerüstet mit zwei schweren MGs auf gepanzerten Drehkränzen. Das eine auf dem Vorderdeck und das andere hinter dem Steuerstand. »Na, Kamerad, gefällt dir das Boot?« »Ja«, nickte ich und drehte mich um meine eigene Achse herum, um dem Fragesteller, der hinter mir stand, in die Augen zu schauen. Er stand breitbeinig da, hatte die Arme auf dem Rücken hinter dem Kolben seiner Waffe verschränkt und schaute mich neugierig abschätzend an. Er trug eine grüne Uniform wie alle hier im Lager. Die Uniform, die auch in den US-Streitkräften gang und gäbe war. An den Füßen trug er die amerikanischen Schnürstiefel. Ich reichte ihm die Hand zum Gruß und stellte mich vor. Arquimetes, so nannte er sich, unterhielt sich eine Weile mit mir. Dabei erklärte er mir, dass er im Wachdienst eingeteilt worden war, weil sein Trupp unvollständig sei. Sein Führer war vor mehr als drei Wochen verletzt worden. Niemand wollte im Lager Dienst tun. Zu öde! Zudem konnte man da draußen mehr Geld verdienen. Aber, so meinte er, diese Erfahrung würde ich auch noch machen. Irgendwie konnte ich den Verdacht nicht loswerden, einem Schlitzohr gegenüberzustehen. Als er erfuhr, dass ich sein neuer Truppführer sein würde, hellte sich sein Gesicht auf. Zumindest, so sagte ich ihm, war ich hierfür eingestellt worden. Jetzt klärte mich Arquimetes über alles auf, was ich seiner Meinung nach wissen musste. Wir gingen langsam seinen vorgeschriebenen Streifenweg ab, und er redete und redete. Als wir uns am Ende trennten, wusste ich, dass ich hier unter die Räuber gefallen war. So wie er mir versichert hatte, arbeiteten alle zusammen. Die Kontrolltrupps mit den Instandsetzungstrupps, diese wiederum mit dem Ersatzteillager und so weiter. Alle im Lager waren beteiligt. Auch Joe bekam an jedem Schaden, der gemeldet und anschließend repariert wurde, sein Kopfgeld. Schäden gab es jeden Tag unzählige. Jeder Trupp hatte eine Strecke von mindestens hundert Meilen zu kontrollieren, bis weit in das peruanische Hinterland hinein, ja bis fast an die brasilianische Grenze hin. Die Trupps waren bis zu drei Wochen unterwegs, manches Mal auch mit Unterstützung des Hubschraubers. Es gab im Lager etwa acht Kontrollteams, von denen im Augenblick mehr als die Hälfte im Einsatz waren. Insgesamt lebten hier im Campo dos Conquistatores ungefähr fünfzig bis sechzig erwachsene Personen. Ja, es gab auch Kinder im Camp, wovon ich bis zu diesem Augenblick nichts bemerkt hatte. Auch kein Wunder, denn die Familien wohnten abgesondert, in einem separaten Bereich. Dort standen zehn kleinere Holzhäuser, ein Kindergarten, an den eine Zwergenschule angeschlossen war. Für die wenigen Schüler reichte ein einziges Klassenzimmer. Es ging ja nur darum, das Einmaleins zu erlernen. Dafür gab es mehr kleinere Kinder. Ihre Eltern waren alle hier angestellt. Man verdiente recht gut! Am Abend, nach der Einnahme der Mahlzeit, traf ich mich mit Joe und Ursula wie verabredet in der Bar. Wir warteten, bis die von Joe einbestellten Leute anwesend waren. Nachdem alle Platz genommen hatten, trat er in die Mitte des Raumes, hielt eine kurze Ansprache und präsentierte mich den anwesenden Mitarbeitern. Danach stellte er mir die einzelnen Personen im Raume vor. Gerade als Joe fertig war, kam das Karbolmäuschen zur Tür herein. »Benno, das ist unsere Perle, die dir den Arsch zunäht, wenn man ihn dir zerschossen hat«, rief er laut mit seiner Bärenstimme, die genau zu seiner Körpergröße passte. Dabei zog er die junge Frau zu sich heran. »Komm, Conchita, du musst bei uns am Tisch Platz nehmen«, rief Ursula und winkte ihr zu, an unseren Tisch zu kommen. Ich stand auf und zog für Conchita den Stuhl zu meiner Rechten zurück und bot ihr diesen zum Sitzen an. »Oho, ein Kavalier«, tönte die Bärenstimme noch einmal durch den Raum, dann fielen wir in ein angeregtes Gespräch, wobei Conchita den ganzen Abend über nicht ein einziges Mal auf unser vorheriges Treffen zu sprechen kam. Während der Unterhaltung, die ich mit meinen Tischpartnern in gebrochenem Spanisch führte, trafen sich unsere Blicke des Öfteren. Am Anfang schlug sie sogleich die Augen nieder, zu vorgerückter Stunde aber hielten sie meinem Blick stand. Ich spürte ein Verlangen in mir. Ein Verlangen, sie zu berühren, das von Minute zu Minute größer wurde. Auch Joe und Ursula nahmen das Knistern wahr, denn ihre Augen wanderten von mir zu ihr und umgekehrt. Aus dem Hintergrund der Bar ertönte gedämpfte, seichte Musik, die zum Tanz einlud. Groß war die Tanzfläche ja nicht, doch für den Blues reichte sie immer. Ich entschuldigte mich bei Ursula und Joe und forderte Conchita zum Tanz auf. Kaum waren wir auf dem Tanzparkett, als sich unsere Tischpartner ebenfalls zu uns gesellten. So drehten wir eine Runde nach der anderen, immer mal wieder eine Pause einlegend. Je länger die Zeit fortschritt, desto enger pressten sich unsere Körper aneinander. Es gab keinen Zweifel, Conchita hegte die gleichen geheimen Wünsche, wie auch ich sie hatte. Nur eine Frage der Zeit sollte es sein, bis wir zusammenkämen. Ich flüsterte ihr ins Ohr, wie gut sie duftete, wie gut sie aussah, dass sie süße kleine Ohrläppchen habe, und dann küsste ich sie hinter dem Ohr, ganz zart ließ ich meine Lippen über ihre Haut streichen. Ich konnte das Prickeln, das durch ihren Körper zuckte, nicht nur sehen, sondern auch spüren. Meine Hände streichelten ihre Haut durch den Stoff ihres Kleides hindurch. Dann küssten meine Lippen ihren Hals am Haaransatz. Einen Augenblick lang hielt sie im Tanzen inne, beugte sich ein wenig nach hinten und schaute mir mit verklärtem Blick tief in die Augen. Ein Paar rehbraune, unbeschreiblich süße Kulleraugen, die mir verrieten, dass sie diese Nacht mein sein würde. Dann fiel ihr Kopf auf meine Brust, und wir bewegten uns wie in Trance weiter auf dem Tanzboden dahin. Wir hatten keinen Boden unter den Füßen. Wie im Traum schwebten wir dahin. Wir hatten keinerlei Kontakt zu unserer Umwelt. Kein Gefühl für Raum und Zeit. Ursula und Joe wünschten uns beiden zu vorgerückter Stunde eine gute Nacht, und Joe nickte mir aufmunternd dabei blinzelnd zu. Auch ich nutzte die Unterbrechung und brachte Conchita nach Hause. Arm in Arm gingen wir durch das im nächtlichen Dunkel liegende Lager. Sie gab die Richtung an und drängte unsere Schritte in die Richtung, in der die Krankenstation lag. Je näher wir dieser kamen, desto enger wurden unsere Umarmungen und inniger unsere Küsse. Am Ende klammerte sich einer am anderen fest, als hätten wir Angst, uns zu verlieren. Wir drängten uns durch die Tür in das dahinterliegende Behandlungszimmer hinein. Einer geiler als der andere. Vor lauter Geilheit waren wir uns beim Entkleiden des Partners im Wege. Conchita war eine Pracht von einer Frau, wie sie dann endlich nackt vor mir stand. Ihre schwarzen, langen Haare hatte sie gelöst. Eine richtige Löwenmähne, die ihr da auf die Schultern fiel und ihr ebenschönes Gesicht umrahmte. Schön gewachsene stramme Brüste mit großen, dunklen Warzen, ein zierlicher Bauchnabel über einer glatt rasierten Muschi, zwischen zwei ebenfalls strammen Oberschenkeln gelegen, die nur darauf wartete, meine ganze Liebe in sich aufzunehmen. Sie war ganz feucht, als ich sie nach einem kurzen Vorspiel bestieg. Mit der Muskulatur ihrer Muschi saugte und saugte sie mir den ganzen Saft aus dem Leib. Wie sie mir im Laufe der nächsten Tage gestand, machte sie jeden Tag ausgedehnte Trainingseinheiten mit Liebeskugeln. Mit ihren Schamlippen könne sie bald einen tief eingeschlagenen Nagel aus dem Brett ziehen, dabei lächelte sie vielsagend. Ja, wenn sie so weitertrainierte, könnte man es ihr sogar noch glauben. Conchita war ein kleiner Vulkan, so heiß! Wir wälzten uns auf der am Boden ausgebreiteten Wolldecke. Wenn uns jemand zugeschaut hätte, bestimmt wäre er auf den Gedanken gekommen, wir würden miteinander kämpfen. Die ersten Strahlen der über dem Amazonasurwald aufgehenden Morgensonne riefen uns dann aus unserer Zweisamkeit zurück in die grausame Realität des Alltags. Ein Blick auf die Uhr sagte uns, dass es Zeit wurde. Gemeinsam gingen wir unter die Dusche. Sie wusch mich und ich sie. Anschließend gingen wir hinüber in die Lagerkantine, um zu frühstücken. Einen Bärenhunger legte ich an den Tag. Hätte vor mir selbst erschrecken können, so viel aß ich an diesem Morgen. Auch Conchita langte kräftig zu. So wie wir beide frühstückten, war auch unsere Nacht gewesen, und ich glaube fast, man konnte es sehen, denn Ursula trat an unseren Tisch und konnte sich eines Kommentares nicht erwehren. »Na, ihr zwei müsst ja viel neue Energie tanken!« Sie blickte zu Conchita und meinte: »Conchita, ich sehe in deinen Augen schon die Antwort auf die Frage, die ich dir stellen wollte.« Ursula ergriff die Hand meiner Tischnachbarin und drückte diese sanft, ja liebevoll. Nach dem Frühstück trennten wir uns. Ich ging ins Büro zu Joe, der bereits vollauf beschäftigt war, begrüßte ihn kurz und ging mit einem gewissen Julio in das Kleiderdepot, wo er mir zwei Paar Stiefel und drei Uniformgarnituren aushändigte, dazu noch sechs weiße T-Shirts und einen ganzen Leinenbeutel voller Wollsocken. Eine Hängematte und auch einen leichten Schlafsack. Danach händigte er mir ein Facao, eine Pistole der Marke Walther und das mir gut bekannte FN-Gewehr aus. Es handelte sich um die Standardbewaffnung hier. Um ehrlich zu sein, wäre mir das bei der

Bundeswehr in Gebrauch befindliche G3 lieber gewesen. Dieses war heute in vielen Armeen der Welt, aber auch bei den meisten Revolutionsarmeen die Standardwaffe. Eine bessere Entwicklung als das alte FN-Gewehr. Man kann eben nicht alles haben! Auch bekam ich die hierfür benötigte Munition und eine Taschenlampe. Schwer bepackt marschierte ich hinüber in meine Unterkunft, wo ich all die schönen Dinge im Spind verstaute. Gleichzeitig tauschte ich meine Zivilkleidung gegen die mir ausgehändigte Uniform. Ein letzter Blick in den Spiegel, dann ging ich hinüber zu Joe ins Büro. Im Gegensatz zum Morgen traf ich ihn jetzt entspannter an. »Sorry!«, entschuldigte er sich wegen seines rauen Tones am Morgen, aber alles sei drunter und drüber gegangen. Irgendwer hatte einen größeren Schaden an einem entfernten Abschnitt der Pipeline verursacht, der jetzt endlich unter Kontrolle war und repariert wurde. Joe sah müde aus, kein Wunder auch, man hatte ihn, kaum dass er sich zum Schlafen niederlegte, mit der Schadensmeldung geweckt. Dann war die Funkverbindung abgebrochen gewesen. Der Reparaturtrupp stand abflugbereit, doch kam er nicht zum Einsatz, da die Koordinaten nicht bekannt waren. Dadurch ging wertvolle Zeit verloren, in der das Öl munter aus dem Schadensloch sprudelte. Die APC war darauf bedacht, jeden Umweltschaden so gering wie nur möglich zu halten, um keinerlei Aufsehen zu erregen. Warum unnötig schlafende Hunde wecken? So arbeiteten die hier ansässigen Firmen in Ruhe und Frieden, ohne sich mit irgendwelchen Umweltschützern, Menschenrechtlern oder Tierschützern herumstreiten zu müssen. Manchmal tauchten irgendwelche Beamte von der Indianerschutzbehörde auf, aber man einigte sich dabei jedes Mal. Unter der Hand, versteht sich. Die Anweisung von Joe lautete also, trotz der Bewaffnung diese nur im äußersten Notfalle einzusetzen. Nun, zur Uniform meinte er, die sitze wie vom Schneider für mich persönlich angefertigt. »Geh und hol Conchita zum Mittagessen ab, wir treffen uns dann in einer Stunde in der Kantine.« Damit war ich entlassen und tat, wie geheißen. Wie alle Frauen, so hatte auch sie ein Faible für Uniformen oder doch für den Mann, der darin steckte. Kein Wunder also, dass sie mich beim Eintreten anhimmelte und sich dann in meine Arme fallen ließ. Ein Glück, dass es bis zur Mittagsstunde noch so lange hin war, denn es schien, als wolle sie ihre Lippen gar nicht mehr von den meinen lösen. Beim Mittagessen eröffnete mir Joe, dass ich den Rest des Tages und die kommende Nacht gut nutzen solle, da ich ab dem morgigen Tage im Einsatz sei. Ich solle mit einem Trupp mitfahren und bei diesen Leuten die nötige Erfahrung sammeln. Für die nächsten acht Tage wäre ich also nicht anwesend. Gut wäre es, wenn ich mir auch anschauen würde, wie dieser Trupp seine Vorbereitungen trifft. Hierzu stellte er mir nach dem Mittagstisch einen Mann in meiner Körpergröße vor, der jedoch in den Schultern um fast die Hälfte breiter war. Angelo hieß der Mann, der für die nächste Zeit mein Ausbilder sein sollte. Joe ließ mich mit ihm allein zurück. Nachdem ich mich von Conchita verabschiedet hatte, ging ich mit Angelo, um seine Mannschaft kennenzulernen. Angelos Leute waren dabei, Benzin-Öl-Gemisch in Kanistern zu zwanzig Litern in ein fast zehn Meter langes und ein Meter zwanzig breites Boot zu laden. Arquimetes befand sich wieder auf Wache und verbrachte die Zeit damit, die Bootsbesatzung beim Ausrüsten und Beladen des Kahns zu beobachten und den einen oder anderen Einwand zu erheben. »Mach, dass du dich trollst, und steh hier nicht im Wege herum«, maulte ihn Angelo im Vorübergehen an. »Von mir könnt ihr noch etwas lernen«, brummte Arquimetes her, indem er seinen Streifengang fortsetzte. Als er sich in einiger Entfernung befand, drehte er sich zu mir herum und rief so, dass ihn die hier versammelten Männer gut hören konnten: »Benno, pass gut auf dich und auf diese Babys auf!« »Hau ab!«, schrie Angelo und lächelte, als hätte er einen Witz gehört. Buhrufe der anderen beiden Männer folgten dem Davongehenden, der sich darüber nur amüsierte. Ich beteiligte mich gemeinsam mit Angelo und seinen Männern bei der Ladetätigkeit. Außer dem Treibstoff für unser Boot kam als Nächstes die Verpflegung an Bord und zum Schluss unsere persönliche Ausrüstung. Wir befestigten auch unsere Hängematten unter dem Bootsdach an dafür vorgesehenen Querstreben. Ganz zum Schluss füllten wir den großen Treibstofftank und den Wassertank auf. Das Boot lag gut im Wasser und wartete darauf, für die nächsten Tage unser Zuhause zu sein. Bis auf eine kleine Kabine, eher ein Verschlag, war das ganze Boot offen. Auf beiden Seiten war noch ein etwa fünfundzwanzig Zentimeter hohes Schanzbrett angebracht. Bei der sogenannten Kabine handelte es sich um eine Art Plumpsklo. Beruhigend war zu wissen, dass genug Toilettenpapier eingeladen worden war. Abfahrt sollte am nächsten Morgen sein, gleich nach dem Frühstück. »Taschenlampen und Ferngläser bitte nicht vergessen«, erinnerte Angelo uns zum Abschluss und entließ uns bis zum nächsten Morgen. Zum Abendessen traf ich mich mit Conchita in der Kantine, danach zogen wir uns zurück. Sie kam zu mir in mein Zimmer, wo der kleine Vulkan wieder in Aktion trat. Mitten in der Nacht schlichen wir uns in den Gemeinschaftsduschraum, wo wir uns gegenseitig einseiften. Zusammengekuschelt lagen wir danach in meinem Bett und schliefen zufrieden ein. Am nächsten Morgen vor dem Frühstück nahm sie meinen Schwanz in den Mund und schluckte die Proteine, die sie brauchte, um die nächsten Tage ohne mich zu überstehen. Ja, nach dem Frühstück blieb uns nur wenig Zeit, um voneinander Abschied zu nehmen. Ursula versprach, sich um Conchita zu kümmern, und Joe klopfte mir zum Abschied freundschaftlich auf die Schulter. Dann legten wir vom Flussufer ab und fuhren den Strom hinab. In den Augen von Conchita schimmerte es feucht, als sie mir zuwinkte. Danach nahm Ursula sie mitfühlend in den Arm, und Joe ging davon in Richtung seines Büros. Lange noch standen die beiden Frauen dort am Ufer des Rio Napo.

Kontrollfahrt auf dem Rio Napo

Die Männer im Boot schmunzelten, als meine Blicke zurück ans Ufer glitten, wo ich die beiden Frauen noch stehen sehen konnte. Angelo nahm sein Fernglas und reichte es mir verschmitzt lächelnd herüber. Auch die anderen beiden Männer stießen sich gegenseitig an und warteten schmunzelnd auf meine Reaktion. Als ich dankend abwinkte, brachen sie in helles Lachen aus. Dann bog das Boot um eine langgezogene Biegung, und wir kamen in Ufernähe. Von nun an hielten wir uns am Tage immer in einer ungefähren Entfernung von zwanzig Metern vom Ufer auf. Langsam tuckerten wir den Strom hinunter, immer mit dem Fernglas am Auge, die Pipeline absuchend nach einem Leck. Alberto übernahm als Erster das Steuer. Juarez saß oben auf dem Dach mit dem Feldstecher in der Hand. Angelo und ich saßen im Schatten des Überbaues und unterhielten uns darüber, was zu tun wäre, wenn wir auf ein Leck träfen. Sollte es ein kleines Loch sein, durch Bohrung hervorgerufen, so hatten wir entsprechendes Werkzeug zur Verfügung, um dieses provisorisch zu verschließen und anhand der Markierung die Reparaturkolonne zielgenau an das Leck zu führen. Hierfür stünde uns das Funkgerät zur Verfügung, mit dem wir immer mit dem Campo dos Conquistatores in Verbindung standen. Dies Tag und Nacht, zu jeder Stunde. »Wenn die Verbindung nicht zusammenbricht«, ergänzte ich. »Ja, das vorausgesetzt«, bestätigte Angelo. Er wies mich kurz in die Funktionsweise des Gerätes ein, denn der, der das Ruder führte, hatte Wache und gleichzeitig die Verbindung zu halten. Alle zwei Stunden war Ablösung. Somit kam jeder auf vier Stunden ununterbrochenen Schlaf beziehungsweise auf vier Stunden Freizeit. Dies bei einer normalen Bootsbesatzung von drei Mann. In der Nacht wurde das Fahrzeug am Ufer vertäut, jedoch musste der Wachhabende seinen Dienst gewissenhaft verrichten, um irgendwelche Überraschungen zu verhindern. Kurz vor Mittag nahmen wir das Extrapaket zur Hand, das ein jeder von uns am Morgen erhalten hatte. Darin befand sich Verpflegung, gut genug für den ganzen Tag. Man hatte es gut mit uns gemeint. Auf einer Verpflegungskiste hatten wir unser Mahl ausgebreitet. Ich löste Juarez auf dem Dach ab und nutzte die Gelegenheit zu einem Sonnenbad, indem ich das T-Shirt auszog. Mit dem Feldstecher suchte ich das hart am Ufer verlaufende, weiß gehaltene, überdimensionale Rohr ab. Aber auch die darunter befindliche Wasseroberfläche. An ihr konnte man auch ein eventuelles Loch ausmachen, der darauf befindliche Ölfilm würde ein solches sofort verraten. Nach mir kam Alberto herauf, der vor etwa zwei Stunden am Steuer von Angelo abgelöst worden war. Als ich hinunterstieg, hatte gerade Juarez das Ruder von Angelo übernommen. Da es recht früh dunkel wurde, suchten wir einen Anlegeplatz für die Nacht, nachdem ich das Ruder für zwei Stunden übernommen hatte. An einem überragenden Ast machten wir das Boot fest und ließen uns mit der Strömung wegtreiben, bis unser Halteseil gespannt war, dann setzten wir uns gemeinsam zum Abendessen um die Verpflegungskiste nieder. Um keine Mücken anzulocken, machten wir unsere Petroleumlampe nicht an, sondern nutzten das restliche Tageslicht. Ich wurde von Angelo zur ersten Wache eingeteilt. Wollte er mich schonen, oder traute er mir nicht? Hätte wohl genauso gehandelt, wenn ich an seiner Stelle gewesen und für das Leben meiner Kameraden verantwortlich gewesen wäre. Einem Fremden zu trauen birgt immer ein gewisses Risiko. Ihm war ich noch ein Fremder. Doch das würde sich im Laufe der kommenden Tage schon ändern, da war ich mir sicher. Nach dem Abendessen übernahm ich meine Wache, die ich jedoch wegen der frühen Abendstunde freiwillig verlängerte. Vier Stunden blieb ich dran, dann um zweiundzwanzig Uhr weckte ich meine Ablösung, den Juarez. Ich krabbelte in meine Hängematte und dann in den Schlafsack. Eine ganze Zeit lang lag ich wach, dachte an Conchita, dann an Brigitte, zu der ich immer noch auf dem Wege war. Irgendwann schlief ich über meinen Gedanken ein. Am Morgen in aller Frühe wachte ich auf, schaute mich um und suchte meine Kameraden. Doch keiner von ihnen war zu sehen. Alles war still, kein Laut verriet sie. Ich schaute auf dem Dach nach, doch auch dieses war leer. Wo konnten sie sein? Waren sie ans Ufer rüber und arbeiteten an der hier vorbeilaufenden Rohrleitung? Auch mit dem Feldstecher konnte ich sie nicht ausmachen. Also waren sie auch nicht dort, dann sah ich ihre Uniformen zusammengelegt in einer Kiste. Jetzt war ich an der Reihe, sie hereinzulegen. Also setzte ich mich ans Ruder und rief laut: »Alle Mann an Bord, wir legen ab!« Gleich darauf warf ich den Motor an, um zu zeigen, dass ich es ernst meinte. Prustend vor Lachen zeigten sich die Köpfe der drei an der Bordkante. Recht vergnügt waren sie. Versuchten mich mit dem Flusswasser zu bespritzen. Als sie damit keinen großen Erfolg verzeichnen konnten, schwangen sie sich über die Bordkante des Bootes. Ich wartete, bis sie an Bord waren, dann machten wir uns erst einmal einen dampfenden Kaffee und frühstückten, wobei ich erklären musste, wie ich entdeckt hatte, dass sie im Wasser waren. Enttäuscht waren sie über sich selbst, als ich ihnen den Grund meiner Entdeckung verriet. Es stellte sich heraus, dass Juarez schuld war, weil er seine Uniformstücke in das gleiche Versteck hatte legen müssen, obwohl darin nicht genügend Platz gewesen war. Es war trotzdem ein gelungener Spaß am Morgen gewesen und für diese drei ein frühes, kaltes Bad. Nach dem gemeinsamen Frühstück legten wir ab, und ich übernahm wieder das Ruder. Immer hart am Ufer entlang ging die Fahrt mit halber Kraft, den Strom hinab, lange schon in peruanischen Gewässern. Niemand kam, um uns zu kontrollieren oder uns die Weiterfahrt zu untersagen. Wir waren auch nicht beflaggt. Nur die größeren Boote und Schiffe zeigten Flagge. So tuckerten wir unbehelligt am Rande des Stromes dahin, in Ruhe unserer Arbeit nachgehend. Meine Neugierde auf das Risiko, das ich mit meiner Einstellung in die Firma Seguridade eingegangen war, wurde im Laufe der kommenden Tage im Gespräch mit meinen Kollegen befriedigt. Hin und wieder, so hatten sie berichtet, kam es zu unverhofften Aufeinandertreffen mit irgendwelchen Einheimischen, die die Rohrleitungen anzapften. Die einen taten es nur, um die APC zu schädigen, andere aber füllten Fässer mit Rohöl ab. Letztere kamen mit Booten voller leerer Fässer daher, bohrten ein Loch in die Pipeline, füllten die Behältnisse mit Hilfe

150

eines Schlauches an und verschwanden wieder. »Ja, was machen die mit dem Rohöl?«, wollte ich wissen. Ich konnte mir keinen Reim darauf machen, wozu man dieses Rohöl benutzen konnte, außer um es zu raffinieren. Aber dazu war meiner Meinung nach eine recht umfangreiche Anlage notwendig. Das Rohöl, so erklärten mir die Kameraden, wurde irgendwohin transportiert, gesammelt und dann auf größere Boote verladen. Irgendwann dann schwammen diese Fässer auf einem großen Frachtschiff über den Atlantik. Abnehmer gab es viele auf dieser Welt. Für die Hälfte des Marktpreises fanden die Rohöldiebe immer dankbare Abnehmer. Was die Außenhaut der Pipeline bei genauerem Hinschauen verriet, denn diese war durchlöchert wie ein Schweizer Käse. Wenn es dann trotz aller Vorsichtsmaßnahmen doch zu einem Zusammentreffen mit den Dieben kam, konnte es recht brenzlig werden. Aber man war nicht darauf aus, es so weit kommen zu lassen. Ich solle die Augen aufmachen und ihnen genau zuschauen. Hoffentlich hatten sie genügend Gelegenheit, mir so viel wie möglich zu zeigen, damit ich heil und gesund über die Zeit käme. Am Nachmittag fanden wir das erste Loch, aus dem die dicke, zähflüssige Masse blubbernd herauslief und in das darunter befindliche Erdreich tropfte. Warm und stinkend floss sie träge zum Ufer hinab und sank teilweise zu Boden oder schwamm auf der Wasseroberfläche. Wir legten stromaufwärts an und Juarez krabbelte auf die Rohrleitung hinauf und lief balancierend zu besagtem Rohrabschnitt hin. Alberto saß mit dem Gewehr im Anschlag auf dem Dach, für alle Fälle! Angelo saß am Funkgerät und gab die laufende Nummer der Rohrleitung an die Funkzentrale unseres Camps weiter. Juarez begutachtete die entsprechende Stelle und kam an Bord zurück, wo er das entsprechende Reparaturset aus einer der mitgeführten Werkzeugkisten hervorkramte. Damit ausgerüstet, lud er mich ein, ihn zu begleiten, damit ich sehen könne, was zu tun sei. Gemeinsam gingen wir auf dem Rohr zur beschädigten Stelle hin. Dort setzte er sich rittlings nieder und schob das eine Teil zwischen die Bohröffnung hinein, zog es an, drückte den anderen, äußeren Teil auf diese Öffnung und zog die daran befindliche Mutter kräftig bei. Währenddessen erklärte er mir jeden zu tuenden Handgriff. Somit war am Ende zumindest der Ausfluss des Öls provisorisch gestoppt. Den Rest hatte der Reparaturtrupp zu erledigen. Mit der von Angelo durchgegebenen Nummer hatte es dieser leicht, die besagte Stelle ausfindig zu machen. Damit hatte ich meinen ersten Einsatz hinter mir. Eigentlich gar nicht so gefahrvoll, wie ich geglaubt hatte. Wäre schön gewesen, wenn es so ruhig weitergegangen wäre. Die erste Woche verlief jedoch noch fast ohne Zwischenfall. Wir mussten noch drei Löcher stopfen, doch nichts Aufregenderes als das erste schon abgedichtete Loch. Zudem waren zwei Schieber zugedreht gewesen, die wir öffnen mussten. Also vier Bohrlöcher und zwei Schieber, laut Angelo ergab dies einen Zusatzverdienst von zweihundert Dollar. Durch vier geteilt, waren dies fünfzig Dollar pro Nase. »Und was ist mit den Schiebern?«, wollte ich wissen. »Für Schieber-Auf- oder -Zudrehen gibt es nichts«, klärte mich Alberto auf. Alle Arbeiten, die nichts mit Löcherstopfen zu tun hatten, wurden nicht extra honoriert. Wie ich bald feststellen durfte, waren wir oft mit Dingen beschäftigt, die keine Extraeinnahme brachten. Dafür Kraft und Schweiß kosteten. Gerade wenn die Rohre nicht am Ufer oder in dessen Nähe verlegt worden waren, sondern sich durchs Hinterland zogen. Dann war Marschieren angesagt. Querfeldein am Sumpf vorbei. Zwei Mann verließen das schützende Boot und liefen zu Fuß an der Leitung entlang, dabei die Gefahr im Nacken, angegriffen zu werden. Da waren nicht nur die um ihr Land betrogenen Indios oder die Mestizen, sondern Schlangen, Kaimane oder Wildkatzen, auf die man Acht geben musste. Wir hatten zwar das eine oder andere Gegengift, aber ein gewisses Risiko blieb doch immer. Bei solchen Landausflügen wechselten wir uns immer wieder ab, denn auf dem Boot vorwärtskommen war auf alle Fälle angenehmer. Zur Freude der anderen meldete ich mich des Öfteren freiwillig zum Landgang. Nur so konnte ich lernen, meine Arbeit zu erledigen. Dabei wollte ich den anderen in nichts nachstehen. Unangenehm war es nur, wenn die Pipeline durch dichten unwegsamen Urwald hindurchführte. Da musste der seitlich an der Röhre verlaufende Weg frei gemacht, das Gestrüpp und der Pflanzennachwuchs beseitigt werden. Das war wie bereits gesagt eine recht schweißtreibende Tätigkeit, bei der die Schwielen an den Händen nicht ausblieben. Zu der körperlichen Anstrengung kam die schwüle Hitze hinzu. Früher eingesetzte Suchtrupps hatten ihren Zusatzverdienst dadurch erhöht, dass sie irgendwelche Defekte an der Pipeline meldeten und das Reparaturmaterial einfach wegwarfen. Später dann, im Lager angekommen, rechneten sie das weggeworfene als beim Abdichten verbrauchtes Material ab. Über kurz oder lang kam dies natürlich heraus, und die Gesellschaft sah sich gezwungen, schärfere Kontrollen durchzuführen. Damit dies nicht mehr möglich war, mussten die reparierten Bohrlöcher per Radio gemeldet werden und wurden dann stichprobenartig von der Hubschrauberstaffel kontrolliert und, wenn nötig, richtig repariert. Bei dieser Gelegenheit wurden durch dieses Anzapfen entstandene Umweltschäden behoben. So gut wie eben möglich. Im Laufe der nächsten zwei Wochen, bis zu unserer Rückkehr ins Lager dos Conquistatores, hatten wir ganze zehn Störfälle melden müssen, von denen es sich um sechs provisorische Reparaturen handelte. Für diese Zusatztätigkeit erhielt ich zu meinem Lohn weitere fünfundsiebzig Dollar. Dies war der Meinung meiner Gefährten nach ein guter Schnitt. Es gab aber auch Wochen, in denen so gut wie nichts anfiel. Also auch kein Extrasold verdient wurde! Conchita sah ich alle zwei, drei Wochen für zwei Tage wieder. Wir fielen uns dann glücklich in die Arme, verbrachten so gut wie jede Minute miteinander. Doch war ich mit meinem Herzen und meinen Gedanken so weit weg. Es machte sie traurig, zu spüren, dass unsere Liebe zeitlich begrenzt war. Irgendwann sprach sie mich dann auch auf dieses Gefühl an, das ihr keine Ruhe ließ. Ich erzählte ihr letztendlich, dass ich mich auf dem Heimweg zu meiner großen Liebe, zu Brigitte, befand. Es tat mir leid, Conchita so enttäuschen zu müssen. Aber wir, so meinte ich, sollten nicht an die Zukunft denken, sondern die Gegenwart leben. Wenn ich mit meinen neuen Companheiros mit dem Boot vom Ufer des Flusses abstieß, stand Conchita dort und winkte mir zum Abschied. Aber auch bei meiner Rückkehr erwartete sie mich dort. Meine Tage verbrachte ich auf dem Fluss mit Arquimetes und Nicarsios, ohne größere Zwischenfälle. Sie waren jetzt meine stetigen Begleiter. Bis auf einen einzigen Fall, der am Ende des dritten Monats geschah, fühlte ich mich wie ein Urlauber.

Schüsse aus dem Hinterhalt

Wir waren am Nachmittag eines langen, arbeitsreichen Tages dabei, uns einen geeigneten Schlafplatz zu suchen, als aus dem Uferdickicht auf uns geschossen wurde. Eine Kugel pfiff über unsere Köpfe hinweg. Wir reagierten recht erschrocken und überrascht auf den Angriff. Niemand von uns hatte seine Waffe bei der Hand. Ein fataler Fehler! Arquimetes stand auf der Proa des Bootes und war bereit, nach einem überstehenden Ast zu greifen, um unser Boot daran zu befestigen, Nicarsios versuchte sich am Gaskocher, während ich das Boot langsam auf das Ufer zusteuerte, dabei meine Augen auf Arquimetes gerichtet. Ich versuchte das Boot an den Ast heranzuführen. Die gesamte Ausrüstung lag in einer der Hängematten. Jeder von uns war also auf sein Tun so sehr konzentriert, dass der in uns fahrende Schrecken immens war. Arquimetes stürzte in das Boot zurück und schlug hart auf dem Boden auf, Nicarsios warf den verdammten Kocher von sich und suchte Deckung hinter der Bootswand. Auch ich rutschte so weit wie möglich auf den Boden unseres Kahns hinunter, drehte das Gas unseres Außenborders voll auf und hätte unser Boot um ein Haar in den Uferboden gerammt. Fieberhaft versuchte ich von der Stelle zu kommen. Zwei Schüsse konnten wir dann zählen. Erst einen und kurz darauf einen zweiten. Inzwischen hatte Nicarsios seine Flinte aus der Hängematte geangelt und brachte die Waffe in Anschlag, um das Feuer zu erwidern. Arquimetes war gleich darauf ebenfalls bewaffnet und suchte zudem das

Ufer mit dem Fernglas ab. Inzwischen hatten wir uns bereits aus der Gefahrenzone begeben. Jetzt befanden wir uns in Sicherheit. Zwischen uns und der Stelle, an der wir angegriffen worden waren, lag ein Abstand von mehr als dreihundert Metern. Zwei Schüsse, doch wie wir später feststellen konnten, hatte keiner getroffen. Nicht das Boot, ebenso wenig jemanden von der Besatzung. Da wurden Zweifel laut, ob man es da wirklich auf uns abgesehen hatte. Dort drüben im Uferdickicht kehrte Stille ein. Niemand war zu sehen. Wir überquerten den Fluss und machten am gegenüberliegenden Ufer fest. Keiner von uns fiel in dieser Nacht in einen Tiefschlaf. Jedes auch noch so kleine Geräusch schreckte uns auf. Wer schon einmal im Urwald gewesen ist, kann bestätigen, dass sich in einem solchen ein Geräusch an das andere reiht. Am kommenden Morgen fuhren wir vorsichtig, auf alles vorbereitet, zu der Stelle hin, an der wir beschossen worden waren, doch konnten wir uns auch an Ort und Stelle keinerlei Gewissheit darüber verschaffen, ob man nun auf uns geschossen hatte oder nicht. An der Pipeline vor Ort war jedoch keinerlei Manipulation festzustellen, auch sonst fanden wir keinerlei Spuren, die darauf hindeuteten, dass sich jemand gerade dort in der Nähe aufgehalten hätte. Zumindest nicht in der letzten Zeit. Wohl hatten irgendwelche Wilderer im Dickicht gejagt und die Schüsse abgegeben, von denen wir überrascht worden waren. Zu dieser Erkenntnis kamen wir nach langem Überlegen. Dies war die einzige gefährliche Situation, die ich im Dienste der Seguridade erleben musste.

Südamerika, Adios

Von hier oben aus dem Oval sah das darunterliegende Land so friedlich aus, und doch war es für mich über einige Jahre hin die Hölle gewesen. So wie sich die Lufthansamaschine in den wolkenlosen Himmel Quitos erhob, entfernte ich mich gedanklich von dem letztlich Erlebten, und meine Erwartungen wandten sich der auf mich zukommenden Zeit entgegen. Dort unten ließ ich nicht nur hässliche Erinnerungen zurück. Nein, ganz und gar nicht. Joe und Ursula hatten mich gemeinsam mit Conchita zum Flughafen gebracht, wo wir uns mit dem Versprechen in den Armen lagen, uns irgendwann wiederzusehen. Jeder wünschte dem anderen Glück und ein langes, gesundes Leben. Auch Tränen flossen. Noch ein Händedruck, eine Umarmung, ein Kuss, der salzig schmeckte. Dann die Lautsprecheransage, dass sich alle Passagiere für den Lufthansaflug nach Frankfurt unverzüglich in die Abfertigungshalle begeben möchten. Noch einmal ein Blick zu den Zurückbleibenden. Ein zaghaftes, trauriges Winken, dann war es vorbei, als sich die Tür hinter meinem Rücken schloss. Tschau! Nunca mais eu vou te ver, meu amado e querido Brasil! Jetzt waren es meine Augen, die sich mit Tränen füllten. Einmal des Abschiedes, aber auch der Wiedersehensfreude mit Brigitte wegen. Der Flug dauerte über fünfzehn lange Stunden. Trotz ausgedehnten Schlafes fühlte ich mich gerädert, als die Maschine auf der Landebahn hart aufsetzte und dann mit Geklapper und aufheulenden Turbinen langsamer wurde. Trotz der Anzeige, aber auch der durch die Chefstewardess angesagten Aufforderung, bis zum Stillstand angeschnallt zu bleiben, befanden sich die meisten Passagiere bereits auf den Füßen. Alle waren dabei, ihr Gepäck aus den Staufächern über den Sitzen herauszuholen. Wer wie ich das anfängliche Glück hatte, einen Fensterplatz zu bekommen, war jetzt im Nachteil und gezwungen zu warten, bis sich das Flugzeug fast geleert hatte. Mein ganzes Gepäck bestand wie damals auch nur aus einer Reisetasche, viel weniger Geld in der Tasche, aber einer schwer lastenden Erfahrung, die mich oft verfolgte und der ich nicht mehr entfliehen konnte. Besonders dann, wenn ich allein war. In den Armen von Brigitte hoffte ich, diese Erinnerungen verarbeiten zu können. Ich zog meinen deutschen Pass aus der Tasche und legte ihn dem kontrollierenden Beamten vor. »Willkommen zu Hause«, wünschte er mir, als ob er wüsste, dass ich mich von nun an hier wie zu Hause fühlen und die deutsche Erde mir zur Heimat werden würde. Ich nickte und ging zum Ausgang und dann zum Bahnhof hin, wo ich mir mein Billet Richtung Hauptbahnhof Mannheim am Bahnhofsschalter kaufte. Ich atmete tief ein, als ich mich in das Polster des leeren Zugabteils fallen ließ. Es war so beruhigend zu wissen, dass ich aus einem bösen Traum erwacht war und nun wieder frei ohne Angst durchatmen konnte. Das war eine unsagbare Wohltat. Die Landschaft huschte unbeachtet vor dem Zugfenster vorbei. In Gedanken war ich schon dort angelangt, wo ich noch hinwollte. Dort stand sie vor meinem geistigen Auge und ihre Augen strahlten mich an, als wären es Diamanten. Wir lagen uns glücklich in den Armen. Nichts auf dieser Welt sollte mehr zwischen uns stehen. Von nun an wollte ich sie halten mit fester Hand. Ihr ein guter und treuer Gefährte sein. Womöglich gelang es mir auch mit ihrer Hilfe, die Erinnerungen an die letzten Jahre zu vergessen. Ich musste diese hässlichen Bilder aus meinem Gedächtnis verbannen. Es waren keine Zweifel in mir, sie könnte nicht stark genug sein, um es an meiner Seite auszuhalten. Sie war mein Strohhalm, an dem ich mich halten konnte. Ungeduld riss mich jetzt aus meinen Träumen und ich schaute auf meine Armbanduhr. Es schien, als ob sich die Zeiger nicht bewegen wollten. Irgendwo in Ried, in einer kleinen Stadt, hatte der Zug einen planmäßig längeren Aufenthalt, der einfach nicht zu enden schien. Mir war unverständlich, warum gerade hier in diesem Bahnhof ein solch langer Aufenthalt nötig war. Nach einer ewig zu nennenden Zeitspanne ging ein Rucken durch den Waggon, in dem ich saß. Mit einem Gefühl der Zufriedenheit nahm ich zur Kenntnis, dass sich der Zug erneut in Bewegung setzte und sich meinem Ziel, der Stadt Mannheim, näherte. Meine Beine wollten mir vor lauter Nervosität den Dienst verweigern, als ich in Mannheim aus dem Zug stieg. Meine Hände zitterten und meine Haare an den Schläfen waren grau geworden. Das Gesicht hatte seinen fröhlichen Ausdruck unbeschwerter Tage verloren. Aus den Augen war der Glanz gewichen. Ich sah mein Spiegelbild in der gläsernen Eingangstür des Bahnhofes und zuckte einen Moment erschrocken davor zurück. War ich dieser Mensch, der da zurückkehrte? Der jetzt aussah, als sei er ein alter Greis. Gebeugt von der Last des schlechten Gewissens, das mich plagte, trat ich hinaus aus dem großen Portal und ging hinüber zur Straßenbahnhaltestelle. Alles dauerte mir einfach zu lang. Auch die Ankunft der OEG, mit der ich am Neckar entlang Richtung Heidelberg am Luisenpark vorbeifuhr. Die nächste Haltestelle nach dem Fernsehturm musste ich aussteigen und dann die letzten Meter bis hin zu dem Hause gehen, in dem Brigitte dort unter dem Dach wohnte. Meine Schritte wurden immer schneller, je näher ich ihrem Hause kam. Mein Herz pochte vor Aufregung, als ich um die Häuserecke in die Böcklinstraße einbog und schon von weitem das Haus sah. Eine ruhige, wenig befahrene Seitenstraße, in der sich nur Wohnhäuser befanden. Mehrfamilienhäuser zwischen viel Grün. Munteres Vogelgezwitscher erfüllte die vormittägliche Luft. Die Sonne stand hell an einem leicht bewölkten Himmel und wärmte das darunterliegende Land und die Stadt. Eigentlich ein schöner Tag, um wieder nach Hause zu kommen. Ich malte mir das erstaunte Gesicht von Brigitte aus, wenn ich jetzt unerwartet vor ihr stand. Das kleine, schwarz gestrichene, schmiedeeiserne Gartentor quietschte noch genauso in den Angeln wie ehedem. Der Hausherr, ein Mann in fortgeschrittenem Alter, war wohl immer noch nicht dazugekommen, es zu ölen. Meine Handflächen fühlten sich feucht an, und die Finger zitterten noch heftiger als sonst, als ich, ohne zu schauen, gewohnheitsmäßig auf den obersten Klingelknopf drückte. Ungeduldig wartete ich darauf, dass mir die Eingangstür geöffnet würde, bereit, die Treppe nach oben zu stürmen. Doch es tat sich nichts! Auch nach einem zweiten und dann einem dritten Klingeln blieb mir der Eintritt ins Haus versagt. Enttäuschung machte sich in mir breit. Hatte ich mir doch alles so schön vorgestellt. Mich so gefreut auf die Überraschung und auf das Wiedersehen. Jetzt kam alles anders, als erwartet. Ich ließ traurig den Kopf hängen. Der Zufall wollte es, dass gerade eine Nachbarin aus dem Hause gegenüber auf die Straße hinaustrat. Frau Marx wohnte wie Brigitte auch schon sehr viele Jahre in diesem Hause. Ich nutzte die Gelegenheit und sprach sie an. Sie benötigte eine geraume Zeit, um mich wiederzuerkennen. »Oh, Herr Schreiber, ich habe Sie fast nicht wiedererkannt«, entschuldigte sie sich. Verständlich! Ich sprach sie darauf an, was mich jetzt mehr bewegte. Womöglich könne sie mir Auskunft geben, warum Brigitte mir nicht die Tür öffnete. »Ja, das kann sie im Augenblick wohl schlecht, denn sie liegt schon seit Wochen im Krankenhaus«, klärte mich Frau Marx auf und nannte mir auch den Namen des Krankenhauses, in dem sie sich befand. »Hatte sie einen Unfall?«, fragte ich besorgt. »Nein, wissen Sie denn nicht, wie schlecht es um sie steht?« »Nein«, antwortete ich ihr wahrheitsgemäß. »Es geht ihr sehr schlecht, und von Martina weiß ich, dass es mit ihr langsam zu Ende geht.« Ich hätte sie fragen können, ob es eine Möglichkeit gebe, von ihrem Haustelefon aus das Theresienkrankenhaus anzurufen, doch verwarf ich diesen Gedanken, da mir einfiel, dass sich diese Frau kurz vor meiner Abreise mit Brigitte gezankt hatte. Damit hätte ich sie wohl überstrapaziert. Ich bedankte mich für die Auskunft und ging davon, zum Ende der Straße hin, wo sich ein öffentliches Telefonhäuschen befunden hatte. An der Ecke stand eine Telefonzelle, von der aus ich das besagte Krankenhaus anrief. Fünf Minuten später schon hatte ich die Gewissheit, dass sich Brigitte dort befand und es nicht gerade gut mit ihr stand. Also genau, wie Brigittes Nachbarin prophezeit hatte. Aber noch wollte ich es nicht wahrhaben. »Scheißhausparole!«, sagte ich zu mir selbst. Wollte diesen dunklen Gedanken einfach keinen Raum geben, um sich zu entfalten. Ich rief sogleich ein Taxi und fuhr in das besagte Krankenhaus. An der Anmeldung erklärte man mir, dass ich einen Augenblick warten solle. Ein Arzt würde sofort kommen und mich über den Zustand der Patientin aufklären. Wie angewiesen, setzte ich mich in den dafür vorgesehenen Warteraum und wartete auf den Arzt, gespannt, was mir dieser zu sagen hatte. Nun handelte es sich nicht um einen Augenblick eines lebenden, sondern eher den erstarrten Augenblick eines Toten, bis am Ende ein junger Mann in weißem Kittel zu mir in den Warteraum trat und mich in ein kleines Nebenzimmer bat. Am Anfang stellte er einige Fragen zu meiner Person und dem Bekanntschaftsgrad zu Brigitte. Ja, aus deren Erzählungen heraus war ich ihm bereits bekannt. Er gestand mir, dass man mich als ein Hirngespinst einer Kranken abgetan hatte. In einem Ton, der eher der Bitte um Entschuldigung glich als einer reinen Feststellung. Automatisch war mein Nicken. Ein Nicken voller Verständnis. Klar, ich war ja nicht mehr als ein Hirngespinst einer liebenden Kranken. Ich verstand nur die ersten Worte mit Klarheit, in denen er zum Ausdruck brachte, dass sich meine Freundin Brigitte in einem Zustand befand, in dem alsbald mit ihrem Lebensende zu rechnen sei. Ich solle mich jetzt schon darauf einstellen. Ich war aufgestanden und befand mich in einer emotionalen Situation der Leere. Unfähig, mich zu bewegen oder etwas zu erwidern. Eingeschnürt, ohne die Möglichkeit, dieser Lage zu entfliehen. Auch wenn ich mich noch so wand, ich konnte nicht aus meiner Haut hinaus. Nervös lief ich in dem Zimmer herum. Doch es half nichts. Es gab kein Entkommen. Es war niederschmetternd. Ungeachtet der Präsenz dieses Mannes, der mir diese niederschmetternde Nachricht eröffnete, rannen mir die Tränen aus den Augen über die Wangen, und ich konnte es nicht verhindern, dass ich anfing zu schluchzen. Es war, als schnürte mir jemand meinen Hals zu. Die Kraft, die eben noch in meinen Beinen gewesen war und mich hatte erheben lassen, als wolle ich mich gegen das Schicksal stemmen, entwich nun aus meinem Körper. Ich sackte kraftlos in den Sessel zurück. Ein trauriges Häuflein Mensch angesichts der Hilflosigkeit gegenüber meinem Schicksal. Es war dabei, uns zu besiegen. »Vor nicht ganz einem Jahr hatten wir noch Hoffnung«, hörte ich seine ruhige, monotone Stimme. »Frau Maier reagierte positiv auf die Behandlung, doch dann sank ihre anfängliche Lebensfreude, und von Monat zu Monat verschlechterte sich ihr Zustand.« »Vielleicht könnte sich noch etwas ändern, wenn sie mich jetzt sieht«, begehrte ich auf. Der Gesichtsausdruck des Mannes mir gegenüber verdunkelte sich, und die Entschlossenheit, mit der er den Kopf schüttelte, ließ mich verstummen. »Nein, es ist endgültig!« Diese Worte trafen mich wie der Hieb des Henkerbeiles. »Sie hätten eben früher kommen müssen.« Ja, es lag Bitterkeit in seinen Worten. »Kann ich zu ihr?«, fragte ich nun den Arzt. Warum so viel darum herumreden? Wenn sie jeden Augenblick sterben sollte, dann wollte ich bei ihr sein. »Klar!« Wir gingen gemeinsam in das Krankenzimmer, in dem Brigitte lag. Je näher wir dem besagten Zimmer kamen, desto aufgeregter wurde ich. Als wir dann im Halbdunkel des Raumes standen, wies mich der Doktor mit einer Handbewegung darauf hin, zu warten. Dann trat er an das Bett seiner Patientin und sprach sie in ruhigem Ton an. Müde vor Anstrengung schlug sie ihre glanzlosen Augen auf, während er ihre Hand hielt. »Ich habe Ihnen einen Besuch mitgebracht, Frau Maier.« »Später … später«, beharrte sie. Er winkte mir zu, näher zu treten. »Ach du Schreck!«, fuhr es mir durch den Kopf. Ich suchte ihre Hand und umfasste sie mit Vorsicht. Meine Augen füllten sich erneut mit Tränen. Durch einen Schleier hindurch sah ich sie daniederliegen. Ein Bruchteil nur von dem, was sie einmal gewesen war. Wirr und abgestorben das Haar. Dünn und eingefallen ihr Gesicht. Hoch standen ihre Backenknochen. Schmal und verbittert ihre Lippen. Verschwunden waren die kleinen Grübchen um ihre Augen, die ihr ein so sympathisches Aussehen verliehen hatten. Knöchern ihre einst lieblichen, zärtlichen Hände. Ihre Haut hatte eine hässliche Farbe angenommen. Gespenstische Ruhe erfüllte das Zimmer. Nur das Knacken und Quietschen der Apparaturen unterbrach diese Stille. Ich wollte sie bei ihrem Namen ansprechen, doch es kam kein Laut über meine Lippen. War ich all die Wochen und Monate hierhergereist, hatte all die Gefahren auf mich genommen, um sie jetzt nur auf ihrem letzten Weg zu begleiten? Sie sterben zu sehen? Das konnte doch nicht sein! Ich küsste ihre Hand, dann beugte ich mich über ihr Gesicht und hauchte ihr einen Kuss auf den Mund. Sie öffnete ihre schwarz geränderten Augen.

Hatte meine Berührung gespürt. Als ob sie nicht daran glauben wollte oder könnte, was sie da sah, schloss sie die Lider aufs Neue. Dann vergingen mehrere Sekunden, ihre Augenlider flimmerten. Erst jetzt öffnete sie ihre Augen wieder, die immer noch zweifelten. War es wirklich oder doch nur eines dieser so oft gewünschten und geträumten Wiedersehen? Lange schaute sie zu mir her, dann bewegten sich ihre Lippen. Sie versuchten vergeblich Worte zu formen. Es dauerte, bis es ihr gelang. »Benno, bist ... du ... es, Benno?«, wollte sie letztendlich mit ungläubigem Ton wissen. »Ja, mein Schatz«, hauchte ich ihr ins Ohr. Sie hielt mich wohl immer noch für einen Geist. Ein fast unmerkliches Lächeln zeichnete sich an ihren Mundwinkeln ab. Sie drückte meine Hand und schlief darauf erschöpft wieder ein. Mehrere Stunden lang schlief sie, während ich an ihrem Bett saß und über sie wachte. Mehrere Male spürte ich den Druck in ihrer Hand, die die meine hielt. Als wolle sie prüfen, ob ich noch anwesend war. Sie wollte nicht mehr verlieren, worauf sie so lange vergeblich gewartet hatte. Dann endlich wachte sie aus dem tiefen Schlaf, in den sie gefallen war, für einen längeren Zeitraum, wieder auf. Erneut hefteten sich ihre Augen an mir fest und schienen zu prüfen, ob das, was sie da vor sich sah, auch kein Traum sein konnte. Eine dumme Situation. Ich musste etwas sagen. Etwas Blöderes als »Hallo, Schatz, ich bin zurückgekommen« fiel mir auch nicht ein. Sie jedoch fand es nicht blöde. »Ja ... das ... ist ... gut«, antwortete sie mir mit einem verständnisvollen Augenaufschlag. Jedes einzelne Wort fiel ihr schwer. Ihre Augen wurden feucht, und eine Träne rollte über ihre Wange. Stumm schaute sie mich an. Es lag kein Vorwurf in ihren Augen. Ich würde es auch nicht Freude nennen, eher Zufriedenheit. Ein Stein schien ihr vom Herzen zu fallen, so hörte sich auch ihr langgezogener Seufzer an. Ein Seufzer so tief, der mir verriet, wie groß die Sorge um mich gewesen sein mochte. Die Sorge und die Liebe, die sie all die Jahre über in ihrem Herzen getragen hatte. Ich nestelte ein Taschentuch aus meiner Hose hervor und trocknete ihr unbeholfen die Tränen aus dem Gesicht. Sie dankte mir mit einem Augenaufschlag. Ich war wortlos! Wusste nicht, was ich sagen sollte. »Schatz, ich hab dich lieb«, hauchte ich ihr ins Ohr und drückte ihr einen sanften Kuss auf die Backe. Ihre Hand erwiderte meine Worte, indem sie mich zärtlich streichelte. Bei dem traurigen Anblick, den sie mir jetzt bot, dachte ich an die Worte des Arztes, dass sie vor etwa einem Jahr neuen Lebensmut gefasst hatte. Es war zu der Zeit gewesen, als ich ihr versprochen hatte nach Hause zu kommen. Jetzt fing ich an mir Selbstvorwürfe zu machen. Wäre ich damals direkt zu ihr nach Hause gekommen, sie könnte heute gesund sein. Während meine Selbstvorwürfe an meinem Gewissen nagten, war sie, um die sich all meine Gedanken drehten, wieder eingeschlafen. Meine Hand streichelte ihre Wange. »Es tut mir so unsagbar leid«, flüsterte ich ihr zu. »Wenn ich gewusst hätte, wie es um dich steht, ich wäre schon früher gekommen.« Als habe sie meine Worte gehört, drückte sie meine Hand. Sie, die da im Sterben lag, sie zeigte mir, dass sie um so vieles stärker war als ich. Der Tag war vergangen, und es senkte sich die Nacht über den Neckar, den man aus dem Fenster blickend sehen konnte. Ruhig floss er dahin, ohne

Anteil daran zu nehmen, was sich links und rechts seines Ufers zutrug. Drüben auf seiner rechten Seite erhellten Tausende Lichter die junge Nacht. Dort lagen die städtischen Krankenanstalten, genau dem Theresienkrankenhaus gegenüber. In dieser Nacht kam der Tod in Brigittes Zimmer und nahm sie nach einem kurzen, heftigen Kampf mit sich. Ich war an ihrem Bettrand eingeschlafen und hatte kein Zeitgefühl. Ein starker Druck an meiner Hand rief mich in die Wirklichkeit zurück. Erschrocken erhob ich mich von meinem Stuhl, der scheppernd nach hinten wegkippte. »Schwester!«, meine Stimme überschlug sich, als ich nach Hilfe rief. Als wolle ich sie dem Tod entreißen, hielt ich sie fest. Auch sie schien noch nicht bereit zu gehen, denn auch sie umklammerte meine Hand. »Schwester, Schwester!« Meine Stimme hallte laut durch den Raum und die Nacht. Was sollte ich tun? Verdammt, ich war so hilflos! Warum kam denn niemand? Ich brauchte Hilfe! Ich heulte auf. »Was ist denn hier los?« Vor mir stand die Nachtschwester und schaute mich böse, fragend an. Kein Wunder auch. Ich stand mitten im Raum und hatte Brigitte auf meinen Armen. Vergeblich hatte ich sie dem Tod entreißen wollen. Er war stärker gewesen. Wie so oft in meinem Leben hatte er mir gezeigt, wie machtlos ich ihm gegenüber doch war. Vorsichtig, als könne sie es noch spüren, trug ich Brigittes Körper zurück und legte sie in ihr Bett zurück. Gleich beim Betreten des Raumes war auch der Schwester die Situation klar, in der ich mich befunden hatte. In meinen Armen lag eine Tote, die noch vor einigen Jahren von der Liebe und einem Leben zu zweit geträumt hatte. Sie rief den Arzt, der

Bereitschaft hatte. Er kam in wenigen Minuten und bat mich, das Zimmer zu verlassen. Gleich darauf kam eine zweite Schwester, die mich auf Anweisung des Arztes mitnahm und mir ein Beruhigungsmittel verabreichte. Dort in dem Raum, in den sie mich führte, saß ich und duselte vor mich hin. Auf meine Bitte hin, Brigitte noch einmal sehen zu dürfen, schüttelte der Arzt den Kopf und meinte, dies sei nicht mehr möglich, da sich die Verstorbene nicht mehr im Hause befinde. Ich weiß nicht, ob er mir die Wahrheit sagte oder aber mir den Schmerz des Wiedersehens ersparen wollte. Sie gaben mir eine weitere Dose mit Beruhigungsmittel, dann fielen mir die Augen zu. Ich schlief ein. Als ich das Krankenhaus verließ, dämmerte schon der neue Morgen. Als wäre nichts geschehen, hatten nur vier Personen vom Ableben Brigittes Notiz genommen. Ein Engel von einem Menschen hatte die Welt verlassen. Ohne viel Aufregung zu erzeugen, war sie gegangen. Ich irrte ziellos durch die Stadt. Wo sollte ich hin? Der Strohhalm, an den ich mich klammern wollte, war abgebrochen. Irgendwann stand ich vor dem Portal des Hauptbahnhofes. Ich ging hinein, setzte mich auf eine der Bänke im Warteraum und stellte meine Reisetasche auf den Boden. Mein Zeitgefühl hatte ich verloren. War in Gedanken versunken. Alles drehte sich jetzt um Brigitte und die Tatsache, dass sie noch leben könnte, wenn ich früher nach Hause gekommen wäre. Ich allein war schuldig an ihrem Tod. Warum musste ich mich aber auch so lange herumtreiben? Wieso war ich nicht gleich heimgeflogen, damals schon, als mir der Honorarkonsul in Blumenau den Flug angeboten hatte? Aber nein! Hatte ja dortbleiben müssen. So eine Scheiße! Ich Idiot! Ein hirnver-brannter Idiot war ich! Welchen Sinn hatte das Leben für mich noch? »Hallo, junger Mann, darf ich Ihre Fahr-karte sehen?« Vor mir stand ein uniformierter Mann. Rote Jacke, dunkelblaue Hose, mit einer roten Schirm-mütze auf dem Kopf. Ein Beamter der Bundesbahn. Ein Blick wie ein Geier. Seine Gesichtszüge zeigten mir, was gerade hinter seiner Stirn vor sich ging. Schon wieder so einen Penner erwischt, der sich hier im Warteraum auf-wärmen will. Er zeigte sich auch gar nicht überrascht, als ich ihm wahrheitsgemäß sagte, ich hätte eine solche nicht. Hatte er es sich doch gedacht. Dieser Warteraum sei nur den Kunden der Bundesbahn vorbehalten, klärte er mich auf. Es täte ihm leid, doch ich müsse mich aus dem Raum entfernen. Seinem Gesicht konnte ich jedoch ansehen, dass es ihm in keiner Weise leidtat. Im Gegen-teil! Wieder mal so einen elenden Penner erwischt, der sich hier herumtreiben und seinen Rausch ausschlafen will. Raus hier! Ich hatte keine Lust, mich mit dem Mann anzulegen. Ich rappelte mich auf und kam seiner Anweisung ohne Murren nach. Mein Kopf war ganz woanders. Wenn mich jetzt, in der Verfassung, in der ich mich befand, jemand zum Teufel geschickt hätte, ich wäre gegangen. Auf der gegenüberliegenden Seite des Warteraumes befand sich die Gepäckaufbewahrung. Ich ging darauf zu, gab meine Reisetasche dem Angestellten und nahm den Beleg hierfür an mich. Danach ging ich in die Apotheke und kaufte ein Röhrchen Schlaftablet-ten und in der Bahnhofskneipe eine Flasche Wein. Mit der Flasche unter dem Arm stieg ich in die Straßenbahn, die an der Haltestelle vor dem Bahnhof hielt.

Es war am dreizehnten April neunzehnhundertachtzig, als Benno Schreiber das letzte Mal gesehen worden war. Der Tag, der auch auf der Sterbeurkunde der Patientin Brigitte Maier stand. Monate später wurde die verlassene, bereits mit Staub bedeckte, im Regal stehende Reisetasche mit dem Aufkleber der Lufthansa einer genaueren Kontrolle unterzogen. Es wurden zwei Reisepässe, ein benutztes Flugticket der Lufthansa und einige Briefe gefunden. Bei dem Absender handelte es sich um eine bereits verstorbene Frau. Der Besitzer der Ausweispapiere war aktuell nicht im Ordnungsamt gemeldet. Daher wurden die Gegenstände ins Fundbüro gebracht und später dann gegen das höchste Gebot versteigert, so wie es die Regeln vorschreiben. Brigitte Maiers Leichnam wurde eingeäschert, so wie sie es vor ihrem Tode festgelegt hatte. Da sie keine Angehörigen hatte, fiel ihr Nachlass an die Stadt Mannheim. Somit konnte die Bestattung ihrer Urne bezahlt werden, da keine Angehörigen zu ermitteln waren. Viel mehr hatte der Verkauf ihres Hab und Gutes auch nicht eingebracht.

Es war Mitte des Jahres neunzehnhundertvierundachtzig, als ein Spaziergänger in der Lampertheimer Heide in der Nähe der Panzerstraße mit seinem Hund unterwegs war. Ein Blinken dort am gegenüberliegenden Waldrand war ihm aufgefallen. Er lenkte seine Schritte in die besagte Richtung. Unter einer Kiefer lag der Grund, der seine Neugierde geweckt hatte. Als er näher herantrat, schob er mit der Fußspitze den Gegenstand frei. Dann lag das Objekt seiner Neugierde vor ihm. Es handelte sich um eine leere Weinflasche, die fast gänzlich von Tannen und Kiefernadeln bedeckt gewesen war. »So ein

Leichtsinn!«, schimpfte er und schüttelte dabei verärgert den Kopf. Kein Wunder, wenn der Wald immer wieder in Flammen stand. »Waldi, aus!« Sein Befehl galt dem Hund, einem kleinen Kurzhaardackel, der sich an dem Haufen der Kiefernadeln zu schaffen machen wollte. Zum Glück hörte Waldi auf das Wort seines Herrn. Es wäre für ihn zu einer unvergesslichen Begegnung gekommen. Denn unter dem Nadelhaufen befand sich ein Ameisennest, das jetzt der Störung wegen recht lebendig wurde. »Komm her!«, rief er besorgt angesichts des tausendfachen Gewimmels. Dieser ganze Nadelhaufen schien plötzlich in Bewegung zu geraten. Eine kaum vorstellbare Gefahr für die doch so empfindliche Schnauze des kleinen Vierbeiners. Hastig bewegte sich der Mann zwei Schritte zurück, gefolgt von dem kleinen, bellenden Dackel. Dann, außer Reichweite bückte sich der Mann und hob einen längeren, am Boden liegenden Ast auf, mit dem er in dem Ameisenhaufen vor sich stocherte. Der kleine Dackel bellte lauthals in Richtung des bewegten Haufens hin. »Hei, was ist denn das da?« Auf die in den Wind gestellte Frage blieb es still. Keine Antwort! Nur Waldis Bellen war zu hören, als sich der morgendliche Spaziergänger wie Hilfe suchend umschaute. Doch weit und breit war keine Menschenseele zu sehen, der er seinen grausigen Fund hätte zeigen können. Als wolle er sich davon überzeugen, keiner Einbildung zum Opfer gefallen zu sein, stocherte er mit dem Ast noch ein weiteres Mal in der Ameisenburg. »Da liegt doch jemand«, stellte er entsetzt fest. »Verdammt!« In weitem Bogen warf er den Ast von sich und machte auf dem Absatz kehrt. »Waldi, komm ... Waldi, auf!« Ungeduld lag in seiner Stimme. Mit schnellen Schritten ging er in Richtung Lampertheim davon. Der kleine Dackel hatte es nicht leicht, seinem Herrchen zu folgen, mit seinen so kurz geratenen Beinchen. Das Ziel des Mannes war das dort am Waldrand liegende Gasthaus. Dort gab es bestimmt ein Telefon, war der Spaziergänger überzeugt.

Eine Stunde später schon war eine Polizeistreife zur Stelle. Ja, für die beiden Beamten bestand kein Zweifel, bei dem grausigen Fund des morgendlichen Spaziergängers handelte es sich tatsächlich um eine menschliche Leiche. Die Kripo wurde hinzugezogen. Auch der zuständige Förster, der ganz in der Nähe im Forsthaus wohnte, wurde verständigt. Er sorgte dafür, dass die Ameisen beruhigt wurden und die skelettierte Leiche geborgen und in das gerichtsmedizinische Institut gebracht werden konnte, nachdem sie die Kripo freigegeben hatte. Am nächsten Tag wurde in einer Randnotiz der Tagespresse auf den unbekannten Leichenfund in der Lampertheimer Heide hingewiesen.

Dies also sollte dann das Ende einer menschlich tragischen Geschichte sein. Man muss davon ausgehen, denn es wurden keine Hinweise darauf gefunden, dass Benno Schreiber noch lebte.

ENDE.